螺鈿迷宮　上

海堂　尊

角川文庫 15413

目次

序章　アリグモ

アリグモという虫をご存じだろうか。

その名の通り、蜘蛛《くも》の一種だ。でも名前にはつけられているけれど、蟻《あり》ではない。それは丁度、ひとごろし、という言葉と似ている。ひとごろしは人を殺した人であるが、それはもはや人ではないのと一緒だ。

蟻の脚は六本、蜘蛛は八本。アリグモは蟻としては余分な二本の脚を触角に見せかけることで、蟻に擬態する。そして、仲間と勘違いして寄ってくる蟻を襲う。ついでに言えばオスは大きな牙《きば》を持つので、より蟻に似ているのはメスの方である。

その生きざまもさることながら、僕が感動を覚えるのは、アリグモと蟻の区別を見抜いた先人がいた、ということだ。仲間に対し殺戮《さつりく》を仕掛ける理由を、微細な違いから見抜いた慧眼《けいがん》。

碧翠院《へきすいいん》の境内で、僕が葉子《ようこ》にこの話をしたのは十八年前、僕たちが小学校二年の時のことだ。葉子の家から、おすそ分けの和菓子をもらった御礼のつもりだった。僕の話に、葉子は興味なさそうに「ふうん」と言っただけだった。僕は拍子抜けし、気恥ずかしくなった。そして、とっておきの話はやたらに他人に教えるものじゃないという教訓を得た。

十一年後の春、東京の予備校の学食で、離れたばかりの故郷の名前が、僕たちを追いかけてきたかのように、テレビから流れてきた。桜宮《さくらのみや》という故郷の地名の響きが耳に引っかかり、予備校でも同級生になっていた葉子と顔を見合わせた。

通り魔事件の速報だった。犯人は地味で目立たない少年で、大怪我をした人が何人かいるとテレビニュースは伝えた。両親がいない施設出身者だ、とのことだった。ニュースの最後に、幸い死者は出ていない、と一言添えられた。一体何が「幸い」なのだろう、と僕はふと思った。

葉子は箸《はし》を止め画面を見つめ、言った。

「アリグモみたいなヤツ」

へえ、覚えていたんだ、と僕はびっくりした。

最近、世の中には『アリグモみたいなヤツ』が密《ひそ》やかに増殖している気がする。

僕たちはアリグモから決して目をそらしてはならない。

一章　血塗《ちまみ》れヒイラギ

六月十四日　日曜日　雨　午後三時

医学なんてクソッタレの学問だ。僕はそう思っていた。

僕が医学部からリタイアしそうな理由だって、普通はもったいないとか馬鹿げていると思うだろうけど、中身を聞けば、僕の気持ちはわかってもらえると思う。

大脳の働きを勉強して患者のために役立てるというのなら、僕だって別に、グレたりはしない。だけどたったそれだけのために、いたいけな猫（あの時はどういうわけか、毛並みのいいシャム猫だったのだが）の後頭部にナイフを突き刺し、猫の手足がつっぱる様を見せるなんて、あまりいい趣味ではない。その猫の命ひとつと引き換えに僕たちが得たのは、「除脳固縮」という専門用語ひとつだなんて、あまりの貧しさに途方に暮れてしまう。

教授たちの手は血塗られている。僕が医学部リタイアを考えていることは、医学の実態を知れば、むしろ良心的でさえあるはずだ。

六月十四日、日曜日、午後三時。窓の外は雨。

雨は嫌いじゃない。窓硝子《ガラス》を伝わり落ちる雨粒を見ながら、僕は半月後に始まる前期試験前の一週間を休日として楽しむか、未来のために勉強という投資を行うべきか、悩むふりをしていた。答えは決まっている。多分、いや絶対に休日として享受するはずだ。だって僕の属性は、落第を繰り返す落ちこぼれ医学生なのだから。

僕は今、時風《ときかぜ》新報という弱小新聞社の支局の片隅にいる。鳴り響く電話、飛び交う指示の声、紙のすれあう音。オフィスには色とりどりの音が溢《あふ》れていた。徹夜麻雀《マージャン》明けでぼやけた僕の頭に、そうした雑音が不純物として堆積《たいせき》していく。

僕は顔を上げて、目の前のショート・ボブ、別宮《べっく》葉子を見た。

見目麗しい女性だが、僕の心はちっともどきどきしない。葉子は小学校からの同級生で、その笑顔の後ろに理路整然とした合理性の塊が潜んでいることを、思い知らされているからだ。

別宮葉子。花の容《かんばせ》、芳紀二十六歳。

葉子は桜宮支所社会部主任補佐。なかなか遣り手で、うまくすれば肩書きからもうすぐ〝補佐〟の二文字が取れるらしい。葉子は時々僕を呼び出して、短いコラムを書かせたりする。物書き能力は葉子の方が高いから、葉子が僕を使う理由は、どうもよくわからない。まあ、結構いい加減で曖昧《あいまい》な仕事が気に入っているから、どうでもいいことだけど。

葉子は、テーブルにボールペンをコツコツぶつけながら、うつむいて考え込んでいる。一見清楚《せいそ》、だがこういう時は、何かよからぬことを考えている。悪だくみがまとまると、いつもたいてい微笑する。

「ねえ、天馬《てんま》君って、医学部何年生だったっけ？」

女優顔負けの艶《あで》やかな微笑。不覚にも見とれてしまった僕は、慌てて指折り数える。

「ええと、確か二回目の三年生だったかな」

「優雅よね。さすが天馬大吉《だいきち》、資産家は違う」

あてこすりの台詞《せりふ》を、葉子はさらりと言う。

「嫌がらせはやめろよ。遺産がすり減った今、もうその呼び方はふさわしくないんだからさ」

「お祖母《ばあ》さんが亡くなって、浪費三昧《ざんまい》に歯止めをかける人がいなくなったからでしょ。二十六にもなって留年を繰り返している医学生なんて冴《さ》えないわ。そろそろ天馬君もこんなところへの出入りはやめて、本業の医学に励んだら。天国のお祖母さんやご両親もさぞかし嘆いていることでしょう」

小学二年の時、僕は自動車事故で両親を失った。それから、葉子は僕の母親気取りだ。でも同級生なんだぜ、コイツ。

葉子は、一枚の紙を投げかけた。真っ赤にされた僕の原稿の残骸《ざんがい》だ。

「この前書いてもらった原稿だけど、ボツ。情報発信の選別は御法度。過剰な修辞、ペダンティックな引用と感情のたれ流しは削除。この原則に則って添削したら、何にも残らなくなっちゃった」

「修辞の放棄は、文学の自殺だろ？　事実の箇条書きがご所望なら、ハコが自分でやればいい」

「その呼び方はやめて」

葉子は、ぴしりと言う。自分は時々、僕を小学時代の呼び名で呼ぶのに、自分がそうされることは毛嫌いする。

「天馬君は、修辞に逃げ込んでいるだけ。必要なのは、売店でチョコや珈琲《コーヒー》を押しのけ手にしてしまう、一瞬の渇きを潤す駄菓子みたいな記事。売れてナンボよ」

「でもさハコ、僕は書き物の世界では素人だからさあ……」

「仕事を引き受けた以上、素人もプロも一緒」

言い放った葉子の、大きな瞳《ひとみ》を僕はじっと見る。

(血《ち》塗《まみ》れヒイラギは、いつになったら花咲くことやら)

心の中で僕は呟《つぶや》く。僕が葉子につけた渾名《あだな》を、葉子は知らない。血塗れは真っ赤な校正原稿の隠喩《いんゆ》だ。

「とにかくこれはボツ。要求に応《こた》えてないから。いいものと売れるものは別物なの」

葉子は僕に少しだけ優しい視線を向ける。

「引用グセはやめた方がいいわ。ぴったりの引用をしても手柄にならないし、不適切なら見苦しい。大体、風俗嬢が餓死したという些細《ささい》な事件記事に、トルストイなんて、大袈裟《おおげさ》過ぎる。読みたいのは、天馬君のオリジナルの言葉よ」

オリジナリティは、堅牢《けんろう》たるパーソナリティから生まれる。人格の輪郭が不明瞭《ふめいりょう》なモラトリアム青年の僕は、葉子に痛いところを衝《つ》かれて黙り込む。

うつむく僕を見て、葉子はため息をつく。

「これじゃあまるで私の方が悪者じゃない。この件はもう、やめやめ。今日来てもらったのは新しい仕事の依頼よ。今度の仕事は、天馬君にうってつけよ。いえ、これは天馬君にしかできない仕事なの」

葉子は二枚目の紙を投げ出した。僕は銀色に光った、その紙を取り上げる。

『取材要請　時風新報　桜宮支所編集部御中
本省では現在、介護保険関連事業に於《お》いて、終末期医療モデル多面展開施策を導入方向で最終調整中です。貴紙桜宮支所担当地域内、医療法人碧翠院桜宮病院は候補施設で、当局調査は完了いたしましたが、今後の展開を鑑《かんが》み貴紙に桜宮病院の医療制度の取材を要請いたします。記事は審査時資料になり、一般報道評価も決定の重要項目です。記事掲載のあかつきには本情報をベースに厚労省調査班を立ち上げ、より一層緊密に貴紙との連携を諮っていく所存です。なお記事掲載時期や内容に関しては貴紙の裁量に一任いたします。

厚生労働省医療政策局局長　坂田寛平』

僕は手紙を放り出す。

「何だ、これ？　怪しげだな。役人の文章に見えないよ」

「同感ね。お役人の書く文章は、不明瞭なものが多いけど、この文章ははっきりしている。関係者に確認したから本物なのは確か。で、実は天馬君に、潜入取材をお願いしたいの」

「何で、僕が？」

僕は唖然《あぜん》として、ハコを見た。それにしてもつくづく残念だ。黙っていれば結構別嬪《べっぴん》だし、しおらしくしていれば、そうした誤解に拍車もかかるのに。ちなみに、僕の前でしおらしくしていたことは、遠い昔に一度だけあったけれど。

葉子の背後をのっそりと、支局長の巨体が通り過ぎる。葉子は急によそゆきの声を出す。

「天馬さん、ちょっとこちらへ」

僕は葉子にひきずられ、資料室に連れ込まれた。部屋にはいると、葉子は後ろ手でドアを閉め、僕に椅子を勧める。僕は口火を切る。

「厚労省の班会議の優先取材権が取れるチャンスだぜ。どうして僕に振るんだよ」

葉子は肩をすくめた。

「これ、地雷企画だと思うの」

「へえ、そうなんだ」

僕は半ば呆《あき》れ、半ば感心する。僕になら地雷を踏ませてもいい、と正々堂々と白状しているわけだから、本当にいいタマだ。

「私を煙たがっている支局長が、私に企画を丸投げするなんて初めてだし、そもそも霞《かすみ》ケ関《せき》直々のご指名だから、失敗できない。時間は正味二週間もない。失敗したら私だけに責任を負わされそう」

「それで幼なじみの僕に、責任のおすそわけ、ってわけか」

　僕は苦笑いして続ける。

「『レッツ・カジノ』企画を強引に通し、社長賞をかっさらった時の強気はどこへ行ったんだ？　依頼文は妙だけど中身は魅力的に思えるけど」

　僕の言葉に、葉子は笑う。

「あの社長賞は天馬君のおかげよ。今回だって、天馬君に頼めば何とかしてくれる。天馬君がこの企画に魅力を感じてくれるなんて、百人力」

　唇を噛《か》む。引き受けるつもりなんてないのに、何だ、この流れ。

　流れに逆らって、僕は葉子に逆提案する。

「厚労省が注目していることを前面に押し出せば、取材は簡単だろ。何で僕なんかを潜入させるんだよ」

　葉子は答える。

「実は桜宮病院に取材要請したら拒否されてしまったの。その時、ふと頭に浮かんだのが、愛《いと》しい天馬君の顔」

　葉子から告白をされた後は、たいてい苦役がひかえている。『レッツ・カジノ』の時もそうだった。僕は冷静に尋ねる。

「それなら、僕だって無理さ」

　葉子はにっこり笑う。

「天馬君なら可能性があるの。夏休みに医学生が施設見学するのが流行《はやり》らしいじゃない。

で、調べてみたら、抜け穴を見つけたの」

葉子が僕に手渡した紙の字面を無言で追う。

医療法人碧翠院桜宮病院・ボランティア募集。医療現場を支えるお手伝い。三食付き、宿泊施設あり。医学生、看護学生大歓迎。ウェブページのプリントアウト。背景には昔なつかしい建物の写真が配置されていた。病院棟は、その独自の形《フォルム》から〝でんでん虫〟とも呼ばれていた。

「まさか、僕にボランティアとして参加しろ、と？」

うなずく葉子。僕は呆れて、紙を放り返す。

「バカ言うなよ。僕がこの世で一番嫌いなのがボランティアだってこと、知っているだろ」

「天馬君は、嫌いなものやコトが多過ぎて、いちいち覚えていられません」

僕は紙面の内容が自分のメンタリティから最もかけ離れた類《たぐい》のものであることを再確認した。そこで、ある一文に気づいて胸を撫《な》で下ろす。

「締め切りを過ぎているよ。申し込みは昨日までだって。残念でした」

「問題はそれだけ？　それなら何の問題もないわね」

葉子は、艶やかな笑顔を浮かべる。背筋に冷たい汗が走った。

「事後承諾で申し訳ないとは思ったんだけど、実は天馬君の名前で昨日申し込んでおいたのよ」

僕は言葉を失って、葉子を見つめた。葉子は笑顔を保ったまま、淡々と続けた。

「電話したんだけど、通じなくて。大方、スズメでたむろっていたんでしょうけど」

今朝、徹夜明けで地下の雀荘《ジャンそう》から出た時に感じた、イヤな予感の正体が判明した。

葉子は物事の整理をつけられない僕を尻目《しりめ》に、速攻で最終宣告する。

「明朝十時。桜宮病院事務室に集合よ。よろしくね、大吉クン」

葉子が、小学校の頃の呼び名で僕を呼ぶ時は、文句は言わせない、という無言の圧力をかけたい時。絶対に引かないわよ、という葉子の決意を雄弁に物語っている。

「やなこった」

捨て台詞《ぜりふ》を吐いて、僕は時風新報のオフィスを後にした。果たして逃げ切れるのか。自分自身の逃走能力に疑問符をつけながらの遁走《とんそう》だった。

「後悔しても、知らないわよ」

葉子の捨て台詞が、僕の背中を追いかけてきた。

二章　スズメのお宿

六月十四日　日曜日　雨　午後五時

行きつけの雀荘「スズメ」は、東城大学医学部付属病院の正門から歩いて五分。昔から医学生のたまり場になっていたそうだが、今では客足は減る一方だ。

それでも「スズメ」が生き延びてこられたのは、一貫した営業方針にある。薄利多売。過剰な設備投資の回避。良心的で、居心地のいい空間の提供に努めてきたため固定客が離れない。手積み卓がほとんどで、全自動卓は一台だけ。それでも最近は、麻雀《マージャン》しているのは僕たちの卓だけ、という光景も少なくない。

「もう辞めるから」というのがスズメのママの口癖だ。

階段を下り、ベニヤの扉を開くと、放牧された牛が首を振るような、大仰なベルの音に出迎えられる。いつもはその音がすっからかん、と聞こえて鬱《うつ》になるのだが。

「おかえり。遅かったじゃないの」

スズメのママは、笑顔で僕を迎えた。六十過ぎ、一人で雀荘を切り盛りしている。いつも着物を着ているのに、少しも上品に見えない。ママの私生活は、誰も知らない。

僕はママに鞄《かばん》を手渡しながら言う。

「ただいま。えらい目にあっちゃってさ」

鞄をフックにひっかけながら、ママは答える。

「また災難を引き寄せたのかい？　きびきびしないからいけないんだよ。いつも麻雀を打つ時くらい緊張してれば、そんなことないのに」

ママは顎《あご》をしゃくって奥を指した。「お待ちかねだよ」

「天馬先輩、遅いっす」

一瞬、渋面を作ってみせた田端健市《たばたけんいち》は、すぐに人懐こい笑顔になった。さすが空手部だけあって身体《ガタイ》がいい。卓に座った二人の新顔が僕を見て、おずおずと頭を下げる。僕は空いた席に座る。

「ごめんごめん。ハコに無理難題を押しつけられそうになって、逃げ出してきたんだ」

「へえ、ハコさん、お元気すか？」

馴《な》れ馴れしい口調の田端に向かって、洗牌《シーパイ》しながら言う。

「お前、ハコと会ったこと、ないだろ」

「ええ、でも天馬さんからお話を聞いているうち、他人と思えなくなってしまって」

「やめとけ。美人は美人だけど、棘《とげ》だらけだぞ」

「大丈夫っす。先輩の彼女に手を出すような大それたことは、考えてないっす」

「だから、彼女なんかじゃないんだって」

田端は二つ年下の上級生だ。知り合った当時は僕の方が学年は一つ上だったが、留年を繰り返しているうちにヤツの方が一学年、上になった。麻雀を教えてやったのが縁で、スズメの常連になった。僕と違って要領よく授業に出席し、単位取得している。下級生から今では上級生になっているのに、一貫して僕に敬語を使い続けている。性格は陽性で友人も多く、面子《メンツ》の調達係として重宝している。

僕と田端は、ちゃちな雀ゴロ。客《カモ》の金を適当に抜いて遊んでいる。時折、性悪の部外者が迷い込むと、コンビ打ちで撃退した。必殺技は、秘技・御祝儀爆弾。スズメと僕たちは、イソギンチャクとクマノミのような共生関係にある。

僕は手牌《テハイ》を見る。大吉の名前を恥じてしまいたくなるような、冴《さ》えない配牌《ハイパイ》だ。

「で、何だったすか、ハコさんの無理難題って」

「よりによって、俺に病院ボランティアをしろってさ」

田端は吹き出す。

「何を考えているんすかね、ハコさんは」

「自己チュウでわがままなんだ、アイツ」

僕と田端のリズミカルな打牌《ターパイ》を、新顔の二人がもたついて崩す。一人はトロいがマシな方だ。まな板の上のマグロみたいに、意志薄弱な顔をしている。もう一人は打牌のリズムがあまりにも悪過ぎて全く使えない。コイツは絶対に〝音痴〟に違いない、と僕は心中で断定した。

中盤、ようやく手が入った。タンピン三色ドラドラ。ダマでハネる。

背中で空気が揺れた。振り向くと、男が立っていた。五十代後半。薄い髪の隙間から地肌がのぞく。細い眼と細い唇。中肉中背の中年男は、口元を微《かす》かに痙攣《けいれん》させた。まさか、今のは笑顔か？

「何か？」

僕が尋ねると男は、首を振りながら僕から離れる。うす気味悪いオッサン。僕の脳裏を、疫病神という言葉がよぎる。

ケチがついたせいか、僕は結局その手を上がりきれず流局した。場は流れ、僕の最下位が決定した。半荘《ハンチャン》が終わると、「音痴」が帰るとゴネだした。

「田端先輩とは一回だけというお約束でしたから。僕、明日までに書き上げなければならないレポートが二つもあるんで、これで失礼します」

一回って言うな、麻雀は半荘って言うんだ。それから雀荘に来て、レポートの話をするな。僕は、据わりの悪い「音痴」の言葉に苛立《いらだ》ち、田端を見る。こんなヤツしか調達できなかったわけ？　田端は慌てて「音痴」をたしなめる。

「たかがレポートの一つや二つ。こちらの天馬先輩はレポートを溜《た》め続けてはや五年、その数は三桁《けた》にも達しようという豪傑だぞ」

「それって、単なる劣等生《おちこぼれ》じゃないですか」

ど真ん中の的を射た「音痴」の表現に、僕は思わず苦笑した。もういいや。僕は手を振って「音痴」を追い出しにかかる。

「いいよいいよ。どうやら今夜はツキに見放されたみたいだ。おい田端、飲みにいこう。こっちの坊やはつきあうんだろ。奢《おご》ってやるからさ」

トロいマグロは逃げそびれ、仕方なさそうにうなずく。ま、コイツを肴《さかな》に一杯やって気晴らしするか。僕たち三人が立ち上がったその時、背後で掠《かす》れた声がした。

「面子割れとお見受けしましたが、よろしかったら、自分を入れてもらえませんか」

振り返ると、さっきの疫病神が立っていた。

僕と田端は素早くアイコンタクトを取る。

どうする。見るところ冴えないオッサンだが。

打ち足りないっす。トロそうだし、いいカモっしょ。

ま、いいか。俺たちコンビは無敵だからな。

ですよ。一月前はチンピラを撃退したし、このオッサンなら問題ないっす。

瞬時に二人の意志が決まる。新顔マグロ君の御意見は、当然無視。僕は疫病神に答えた。

「いいですよ、こちらも願ったり叶《かな》ったりですから。ルールはピンピンのアリアリ。ローカル・ルールはその都度確認する、ということでよければ」

「いいですよ。何でも」

その掠れた声は木枯らしのように、狭いスズメの店内を吹き抜けた。

序盤は動きがなかった。男は淡々と打牌を続けた。そのうち、男の気配を全く感じなくなった。田端が僕に尋ねる。

「さっきのボランティア、どんな話なんすか？」

「興味があるなら、お前行けよ。病院のお手伝い、それもよりによってでんでん虫だと」

「久しぶりに聞くっすね、その言葉」

「確かに。子供の頃は、恐怖の桜宮病院とか呼んでいたものな」

疫病神がぴくり、と眉《まゆ》を上げる。田端が答える。

「いろいろなウワサがあったっすもん」

「お寺病院と言われてたよな。まだ潰《つぶ》れていなかったんだ、あそこ」

「正式名称は碧翠院桜宮病院っす。地続きの碧翠院を買収して、宗教法人と老人介護センター、ホスピス施設を一体化した複合型病院施設を構築したっす。少し前、地域の終末期医療を担う施設ってことで話題になって、マスコミに取り上げられていたっす」

「お前って、結構きちんと勉強してるよな。尊敬するよ」

田端は頭をかく。

「仕方ないすよ。親父の医院を継ぐため医学部に入学したっすから。将来のことを考えると、地域医療の現状も摑《つか》んでおかないと、経営維持が難しいっす」

「それじゃあ、田端整形外科医院の若先生による、桜宮病院の経営方針及び状態判断はいかがですかな？」

僕が茶化して尋ねると、田端は考え込む。そして、真顔で答える。

「収益性さえ確保されれば狙いは面白いす。何しろ、お寺を取り込んだ医院というのは珍しいっしょ。ウリにはなるっす」

「死んだら、碧翠院で葬式するのがフルコースだったりして」

冗談のつもりだったが、田端は真顔でうなずく。

「身よりのない老人や、親を厄介払いしたがる子供に好評らしいす。介護医療施設とお寺が併設されているから、死んでも最後まで面倒を見てくれて、骨壺《こつつぼ》にまでしてくれるという評判す。ただ、親父によれば、経営は苦しそうすけど」

そんな施設がもてはやされるなんて、世も末だ。僕の表情の変化に気づいたか、田端はつけ加えて言う。

「内実はきちんとしているらしいす。地域の終末期医療を一手に引き受けてくれてますし。他人事《ひとごと》ですが、大変だと思うっす。何しろ終末期医療って儲《もう》からないすからね」

僕たちの他愛《たわい》もないお喋《しゃべ》りに聞き耳を立てる風でもなく、新参の疫病神は淡々と打牌を続ける。締まりのない半荘はだらだらと流れ、ラス前になった。

僕と田端は、素早く目配せする。

「ポン」田端が紅中《ホンチュン》を鳴く。一巡しないうちに新入りの捨て牌を指さして言う。「ポン」

今度は緑発《リュウハ》だ。場が一瞬で沸騰する。男はうっすらと笑う。「なるほど、なるほど」

「ロン」田端は、僕の捨てた一索《イーソウ》の鳥を指さした。

「大三元《ダイサンゲン》、役満」

田端が倒した手牌には、白板《パイパン》の暗刻《アンコ》が並んでいた。

「やられた」僕は素早く牌を崩して、テーブルに突っ伏した。田端は嬉《うれ》しそうに笑う。

「それでは皆さん、役満賞一人十万円を頂戴《ちょうだい》します」

疫病神は不思議そうな顔になる。

「私も払うんですか？　ふつう役満の御祝儀は振り込んだ人間が払うものでしょう？」

田端はにんまりする。

「ローカル・ルールっす。振り込みやツモに拘《かか》わらず、御祝儀は全員から受け取ることになっているっす」

僕は田端をフォローして、青ざめたマグロに言う。

「あ、お前は無理に今日、払わなくてもいい。どうせ持ち合わせはないんだろ？」

これが僕と田端の必殺技、秘技・御祝儀爆弾だ。役満を積み込み、怪しげな部外者から役満の御祝儀だけをむしり取る。相手を直撃する必要がないので、少々の積み込み技術さえあればいい。はめられたと気づいてゴネようとしても、目の前には空手部の田端が鎮座している。無敵で無敗のシステム。新顔の後輩の分は当然チャラにするつもりだ。

男は呆然《ぼうぜん》としていた。自分が置かれた状況を未《いま》だに理解できないでいるように見えた。洗牌を始めながら、田端が僕をちらりと見る。

「天馬先輩、今日はこの後のご予定は？」

このカモをどう料理するか尋ねて来た。僕は妙な胸騒ぎを感じた。

「ん？　ああ、そういえばこの後約束があったんだ」

この半荘で打ち止めにしようぜ。

「それじゃあ、これで終わりっすか？　せっかくだからもう少しやりましょうよ」

「だめだめ、俺にだって、外せない用事があることだってあるんだ」

疫病神の口を挟ませないように、僕は早口でまくしたてた。

何かやばそうだ。いただく物だけいただいて、とっととおさらばしようぜ。どんなにやばい相手でも、残りはオーラス一局、さすがにどうしようもないだろう。

田端は不満げだが、それでも僕に従った。田端は、僕の嗅覚《きゅうかく》を無条件に信頼している。首尾良く獲物をしとめたが、相手の実力の底が見えない限り、長居は禁物だ。たとえ十万円満額を取れなくても、半分むしれれば御の字。今夜の飲み代くらいは浮く。僕は、疫病神がちっとも取り乱さず、静かな佇《たたず》まいのままでいることに、そこはかとない不安を感じた。

疫病神は、黙々と洗牌を続けた。山を積みながらぽつんと呟《つぶや》く。

「アリアリって、イカサマありのアリだったんですね」

「イチャモンつけるなよ、オッサン。イカサマは、その場を押さえなければイカサマじゃないんだよ」

田端がうっすらと笑って凄《すご》む。男は配牌《ハイパイ》の山を開きながら、質問してきた。

「ローカル・ルールの確認ですけど、役満なら一人頭十万円なんですね。そうすると、たとえば、ダブル役満だと二十万円、になるんですか？」

僕は田端と顔を見合わせる。それから笑い出す。僕は上機嫌で答える。

「その通りだよ。トリプルなら一人三十万円になるのさ。だけどあと一局しかないけどね。ああ、そうか、あんたはラス親だから連荘《レンチャン》すればまだ逆転の可能性はあるんだな」

疫病神は音を立てずに牌を並べていく。そして腕組みをした。

「……ま、仕方ないだろうな」

田端は苛立《いらだ》って言う。

「オッサン、親っしょ。早く切らないと、ゲームが始まらないっすよ」

疫病神は田端を見て、うっすらと笑う。

「実は、切る牌が見当たらなくて……」

ゆっくりと手牌を倒しながら、言う。

「こういうのは確か、天和《テンホウ》っていうんでしょう？　それに漢字の牌だけ揃っちゃって。東《トン》南西北《ナンシャーペー》各三枚ずつプラス白二枚。ええと、これは確か……」

「字一色《ツーイーソウ》、大四喜《タースーシー》、四暗刻《スーアンコ》……そして天和」

僕は呆然と呟いた。男はうっすら笑って言う。

「四倍役満っていうのかな、これ。いや、自分、こんなの生まれて初めて見ました」

喜びや驚きのかけらを微塵《みじん》も浮かべずに言う男の顔を見て、僕は悟った。

やっぱりコイツは正真正銘、疫病神だったんだ。

スズメのママと僕、それに田端が、疫病神の前に座っていた。新顔マグロは見逃してもらって、リリースした。男はちんまりと座っていた。その地味な様は、ド派手なイカサマをやるようなタマには、とても見えない。

「役満賞は一人十万円、四倍役満で一人四十万。私の支払い分を相殺して、先ほど帰られた方の分は割引サービス、さらに特別ご奉仕で、点数分の精算もサービスしましょう。ということで支払い総額は百十万円のところ、さらにおまけして百万円ちゃっきり、ということにします」

男は淡々と宣告する。

「それでは精算しましょうか」

「イカサマのくせに、堂々と請求するんじゃねえや」

田端が吐き捨てる。男は細い眼を一層細くして、笑う。

「おや？　イカサマは、その場を押さえなければイカサマではないんでしょう？　それに、そちらはイカサマでしょうけど、私のはイカサマではありません。ツイていただけです」

僕は舌打ちをする。天和で字一色、大四喜で四暗刻バンバンなんて、ビッグ・バンで宇宙が出来てから毎日うち続けたって、一宇宙単位の終わりまでにあがれるものではない。大体、役満で指を折るバンバンって、一体何だ。もう笑うしかない。

僕は、笑った。

「五分と五分の勝負だから、文句は言わない」

男は細い眼を開いて、僕を見た。

「気《き》っ風《ぷ》がいいですね。それでは百万円、耳を揃えて払っていただきましょう」

「ああ、払う。だけど、今すぐは無理だ。明日、必ず払うから待っていてくれ」

「そんな寝言が通る世の中だと思っているんですか？」

男の淡々とした言葉の裏には、鍛え上げられた黒鋼《くろがね》のような冷え冷えとした色が浮かぶ。

僕はその底光りした迫力に震えた。

「当てはあるから心配するな。何ならママに証人になってもらったっていい」

男は、スズメのママを見た。それから、にっと笑う。

「また親の遺産を目減りさせるおつもりですね」

「……どうして、それを」

男は僕の問いかけには答えず、万年筆を取り出し、紙に「金百万円借用します」と書きつけて、サインを求めた。毒喰《く》らわば皿まで、僕はサインをした。男は紙をポケットにしまうと、スズメのママに言う。

「それでは坊やを借金のカタに連れていきます。手荒な真似はしませんからご心配なく」

スズメのママは、値踏みするように男を見つめた。それからうなずく。

「自分の不始末だから仕方ないわ。でも、天馬君を連れ出すなら、名乗っていきなさい」

男は頭を下げて、言う。

こうして疫病神こと結城と僕は、スズメを後にした。

一緒についていくと言い張る田端を、僕は制した。金を払いさえすればひどい目には遭わないだろう、という楽観的な予感があったし、そうでないなら、コンクリート塊を抱いて桜宮湾の海底に沈むのは、落ちこぼれの僕だけで充分だと思ったからだ。閉まりゆく扉の向こう側に残された田端とスズメのママのやり取りが微《かす》かに聞こえた。

「天馬先輩、大丈夫っすかね」

「心配いらないわ。天馬君には、強力な守護神がついてるからね」

思わず、僕は笑った。

「結城《ゆうき》、と申します」

三章　メディカル・アソシエイツ

六月十四日　日曜日　雨　午後六時

結城はすたすた先を歩く。このまま回れ右をすれば、すぐに逃げ出せそうだ。だが、いつも心に囁《ささや》きかける危険信号の声は聞こえなかったので、とりあえずついていってみることにした。逃げるのは得意技だが、今ここで逃げ出すことは得策ではないのだろう、多分。スズメから徒歩十分。桜宮の歓楽街、蓮《はす》っ葉《ぱ》通りにたどり着く。古ぼけたビルの前で結城は立ち止まり、二階を指さす。僕はあたりを見回し、そこがテリトリーであることを確認する。向かいのビルの地下に、いきつけのジャズバー「Black Door」がある。ふと、去年のクリスマスに聴いたシークレット・ライヴのことを思い出した。

結城に従い、階段を上った。賞味期限が切れた商業ビルの不愛想な内装は、ざらついた手触りだけを印象に残す。二階に着き、結城は振り返る。

「ここです。どうぞお入り下さい」

「メディカル・アソシエイツ」というプレートからすると、どうやら医療関連会社のようだ。だが、目の前の疫病神が医療関係の商売をしているとはどうしても思えなかった。

部屋に一歩入ると、女性の明るい笑い声が響いた。二人の若い女性が僕の姿を見て笑いかけてきた。

緊張が解け、全身の力が抜けていく。

「どういうことだよ、ハコ」

思わず僕が尋ねる。さっきまで一緒にいた葉子が笑った。

「天馬君、ようこそ。それとも、おかえり、かな」

葉子の隣の女性が頭を下げる。

「はじめまして、立花茜《たちばなあかね》と申します。天馬さんのことは別宮さんからよく伺っています」

間を外されて、僕はしどろもどろで頭を下げる。さらさら揺れる茜の長い髪に見とれていると、葉子が皮肉な微笑を浮かべて言う。

「相変わらず面食いね。茜さんはダメよ、こう見えてもれっきとした人妻ですからね」

「な、何を言っているんだ。挨拶《あいさつ》しただけだろ。それより、どういうことか、説明してくれよ。何が何だか、さっぱりわからない」

「結城さんには『レッツ・カジノ』の取材の時にお世話になったの。茜さんは結城さんのお嬢さんで、その時知り合ったの。何とあたしたち同学年よ。ということは、茜さんと天馬君も同学年ということよ」

それほど驚くことか、と思いながら、僕は頭を下げる。茜もにこやかに微笑みを返す。茜の胸元で、トルマリン・ブルーのペンダントが揺れる。

葉子が、僕たち二人の間のほのかな雰囲気にどかどかと割り込むように話を続ける。

「こう見えても天馬君は東城大学医学部の学生なんです。とてもそう見えないでしょ」

「ううん、そんなことない。天馬さんって頭よさそう」

茜は首を横に振ってそう言うと、気配を消していた結城が、押し殺した声で言う。

「お茶でも出しなさい。気が利かないな」

茜はうなずき、事務所の奥に姿を消す。葉子の突然の出現という衝撃からようやく立ち直った僕は、部屋を見回す。灰色のスチールデスクが六台、椅子が四脚、三人掛けのソファが一組。一目で零細企業と見て取れる。葉子はちゃっかり、僕の隣に座る。結城は正面に勧められるまま、ソファに腰を下ろす。

コーヒーカップを持った茜が戻ってきた。結城が口を開いた。

「実は天馬さんの強運を見込んで、ひとつお願いがありましてね」

僕は結城と茜、それに葉子を代わる代わる見た。

「何が何だか、わけがわからないんだけど」

葉子が言う。

「結城さんは天馬君憧《あこが》れの、正真正銘の博打《ばくち》打ちなのよ」

「別宮さん、昔の話はよしましょう。今の自分は医療事務関係の仕事を請け負う、しがない零細業者なんですから」

僕は、半年前の葉子の特集記事シリーズ展開を思い出した。燦然《さんぜん》と輝く社長賞。思い返すも忌《い》ま忌ましい企画。その頃、怪しげな連中がオフィスに頻繁に出入りしていた。多分そのうちの一人だろう。『レッツ・カジノ』絡みの関係者なら、要注意だ。

「お願いって、何です？」

僕は結城の胸ポケットを見ながら尋ねる。そこは僕の百万円引換券の在《あ》り処《か》だ。

「桜宮病院を調べて、行方不明になった男を捜して欲しいんです」

僕は唖然《あぜん》として結城を見た。何考えてんだ、コイツ。僕は医学生なんだぜ。

結城と葉子から交互に聞かされた話をまとめるとこうだ。結城が代表を務める「メディカル・アソシエイツ」は、表向きは医療関連のビジネスを手広く手がけるミニ商社の体裁だが、結城とその娘夫婦の立花夫妻の三人からなる零細企業だ。その実態は病院買収関連の企業舎弟らしい。つまり僕は無謀にも、そのスジの玄人につっかかっていったわけで、今頃桜宮湾の海底でコンクリート塊を抱きしめていても不思議はなかったわけだ。

背筋を冷や汗が流れる。幸か不幸か、そんな問題が些細《ささい》に見えるくらい、結城は大きな問題を抱えていた。結城は言う。

「部下の立花善次《ぜんじ》が行方不明になって十日近く経ちます。アイツは、桜宮病院を調べていました。そして六月五日、病院長とアポイントが取れたという連絡を最後に、消息が途絶えました」

九日前。まあ、心配して当然の時間経過だ。結城は細い眼を一層細めて僕を見た。

「立花は本家からの預かりで、ここで修業を終えたら、独立し看板を上げる予定でした。もっとも義理の息子になってしまうなんてことは予想外でしたが」

結城の隣で、茜がうつむく。どうやら立花という男は、出向先の社長令嬢に手を出して、モノにしてしまったらしい。つまり目端の利く遣り手だ。それ以上の感想はない。清楚《せいそ》な美人妻のご主人が行方不明でも、僕には何の関係もないのだから。

僕は至極当然の提案をした。

「警察に捜索願いを出せばいかがですか」

「行方不明になった三日後の月曜日、朝一番に出しました」

それはまたずいぶん気の早い話だ、と僕は不自然に感じた。小学生じゃあるまいし、二、三日連絡が途絶えたくらいで、すぐ捜索願いを出すものかな。僕なんか家に無断でスズメに三連泊、くらいのことはよくするが、これまで捜索願いを出されたことは、一度もない。もっとも今の僕の家には、心配して待ってくれる家族は一人もいないのだが。

「警察は何と?」

「まずは心当たりを当たってみるよう、勧められました」

至極もっともな回答だ。僕は率直に思ったことを口にする。

「警察の判断は妥当だと思います。どうして桜宮病院を疑うんですか?」

「社会的に芳しくない類《たぐい》の人間にも、どこかしら美徳はあるものでして。善次はビジネスに関しては、どんな些細なことでも必ず報告するクセがありました。どこぞの病院長と会ってこれから帰宅とか、金を回収して遊びにいくので今夜は帰らないとか。ところが桜宮病院の訪問時は、院長と面会するという連絡を最後に、音沙汰《おとさた》がなくなった。おかしいでしょう？」

立花善次という人間は、見かけによらず社長に忠実だ、ということはよくわかった。結城の言葉には説得力はあるが、警察を動かすには弱過ぎる。葉子が話を続ける。

「警察に動く気配がないから、結城さんは私に相談してきたの。こっちも例の仕事を振られた直後だから、一石二鳥だな、と思って。そこから先はさっき話した通りよ」

「なるほど。聞けば聞くほど、それは警察の仕事でもない以上に、僕のやることでもなさそうだ。さっきも言ったけど、改めてもう一度言う。その件はお断り」

葉子と結城は顔を見合わせて、黙り込む。それから二人はくすくす笑い出す。

「天馬君って、本当にお目出度《めでた》いわね。大切なことを忘れてはいませんか。天馬君に拒否権はないの。だって、さっき契約書にサインしたでしょ」

結城はポケットから僕の借用書を取り出す。改めて文面を確認した僕は、唖然とした。

「借用金百万円は、依頼業務の遂行により返済致します。天馬大吉」

葉子が補足説明をする。

「桜宮病院に潜入して立花さんの消息を探り当てることが借金の肩代わり。ですよね？」

結城は頬を痙攣《けいれん》させた。それから無声の笑い声らしきものを上げて言う。

「素人さんにしては見事でした。自分も、天馬さんのやり口を別宮さんから事前に伺っていなければ、即座にやり返すことは不可能でした」

葉子がにこやかな笑顔で答える。

「でも、そんなに大した腕でもないでしょう。私の読み通り、スズメに行ったわけだし、結城さんの挑発には予想通りの反応をするし」

悪だくみを仕上げた時の、艶《あで》やかな微笑を浮かべて、裏切り者の葉子は僕を見た。

「というわけで、ボランティア参加希望者は、明朝十時、桜宮病院事務室に集合。よろしくね、天馬君」

四章　枯れススキ

六月十四日　日曜日　雨　午後七時

葉子の陰謀に嵌《は》められた僕は、憮然《ぶぜん》と呆然《ぼうぜん》の中間みたいな顔をして、結城と葉子が交互に行う説明を聞いていた。

「桜宮病院は警察医協力病院の中核施設で、警察への貢献度は高い。桜宮巖雄《いわお》院長は警察医協会の副会長を長く務めていらっしゃる名士だそうよ」

ようやく納得した。警察協力者が企業舎弟、つまりヤクザもどきから告発されたのだから、警察も動くはずがない。だから結城も、早めに他の手を模索したのだろう。

「善次は焦っていました。あそこに手を出すのはやめろと忠告したんですが、聞く耳を持ちませんでした」

冷めた珈琲《コーヒー》を一気に飲み干し、結城はぼそりと呟《つぶや》く。

「自分は、昔から嫌な予感だけはよく当たるんです」

つまり、ハナのいい疫病神ということか。僕は話を変える。

「立花さんの写真はありませんか」

結城は背広の胸ポケットに手をつっこんだ。一瞬、ナイフか拳銃《けんじゅう》が出てくるのではないか、と思わず緊張したが、取り出されたのは一葉の写真だった。結城の挙止にはどこか、能楽に通じるような雰囲気がある。そこに添えられる一抹の殺気。触ると指を切りそうな枯れスキ。

「関連会社の社員旅行の時の記念写真です。しゃがんでいる若い男が善次です」

結城の口から出ると、社員旅行という単語も物騒に聞こえる。写真には数人の男女が写る。立花はすぐにわかった。若い男はコイツだけ、あとはくすぼりのオッサンばかり。年齢的なことを差し引いても、立花は周囲から浮いていて、やたら目を惹《ひ》く。真っ白い背広。茶髪の長い髪。胸を大きくはだけた紫のシャツ。自分の魅力を熟知したジゴロ目線。底の浅そうなナイスガイ。周りの人間にどことなく不安感を与えるタイプ。こういうヤツは繁華街にはうんざりするくらい大勢いる。にこにこした次の瞬間、裏返った声でナイフを突きつけてくるタイプ。一言で要約すれば、キレるホストだ。

その肩に手を置いている女性は、写真では紅一点、笑顔が飛びきり素敵だ。いかにもすぐ蕩《たら》し込まれてしまいそうなタイプ。そこはかとない清楚《せいそ》な雰囲気も漂い、どことなく品がいい。よくみるとそれは茜だった。目の前の実物とはずい分雰囲気が違う。写真というものは、隠された本質を写し出してしまうものなのだろう。結城は二人から微妙な距離をとっている。無表情で、怒っているのか喜んでいるのか、写真からは読み取れない。

僕はありきたりの感想を口にした。

「ハンサムな方ですね」

おざなりな気持ちの匂いを嗅《か》ぎ取ったのか、茜は顔を上げ、不安そうに僕を見る。

「善ちゃんは、仕事が終わると必ず私に電話してきてくれました。キャバクラに行く時さえ正直に言うものだから、怒ったこともあるんです。一週間以上も連絡がないなんて、これまでありませんでした。それに行方不明になった日は、善ちゃんの二十一歳の誕生日でした。連絡がないのは絶対に変なんです」

マメなところも、ホストそのものだ。それだけに、立花に何かが起こったのではないかという、茜の不定形の不安には、確かに説得力がある。結城が言う。

「善次はこの手のビジネスは初体験でした。それなのに資料は実によく調べてある。調子がよすぎて却《かえ》って嫌な予感がした。善次と連絡がつかなくなったのは、注意した矢先でした。何だか、うす気味悪い闇に呑《の》み込まれた気分です」

葉子が言う。

「だから、桜宮病院の闇を探れば、解決につながるかもしれないの」

「闇って、何？」

僕は身を乗り出す。結城が言う。

「善次の資料によれば、あそこはとんでもない施設です。もともといろいろなウワサがありました。保険の不正請求、脱税、暴力団へのクスリの横流し。まるでブラックホールのように、悪事を呑み込んでしまう。金。クスリ。犯罪証拠。極めつけに今回は人間まで消えた」

葉子が続ける。

「結城さんのお話を聞いて、びっくりした。本当なら、大スキャンダル、つまりスクープだわ。だから人捜しと同時に、天馬君に桜宮病院の闇の悪事を暴いてもらいたいの」

拒否権のない僕は、ささやかな抵抗を試みる。

「借金のカタだから、やることはやる。今、百万円の支出は、致命的なんだ。だけどハコの思い通りにはいかない。僕はでんでん虫の味方だから」

葉子は肩をすくめる。

「そうだったわね。幻のお姫さまに憧《あこが》れ続けて十数年、おかげで二十六の今日まで独り身なんですものね」

僕の脳裏に蟬時雨《しぐれ》、逆光の中のシルエットが、フラッシュ・バックした。

葉子はにこやかに続ける。

「こういう考え方もある。桜宮病院があらぬ嫌疑をかけられているから、真相を明らかにすれば、桜宮のお姫さまを助けてあげることにもなるでしょ？」

口では葉子には敵《かな》わない。葉子は続ける。

「疑惑を証明してスクープをモノにしてもよし、結城さんの依頼通り、立花さんの行方をつきとめるのもよし、あるいはすべて冤罪《えんざい》と証明して、桜宮病院を助けてあげてもよし、ミッションはよりどりみどり、成り行きニュートラル。これでいかが？」

「それって要するに行きあたりばったり、ってことだろ」

葉子は胸を張る。

「一から十まで個人の資質で切り抜ける。これがわが桜宮支所のモットーよ」

それはモットーではなく、上司のサボリを正当化するお題目だ。それをためらいもなく言えるのだから、葉子はすでに支局長の器だ。

結城が掠《かす》れた声で言う。

「実は自分も善次の件で、ようやく何とか、院長と約束を取りつけました。明日十時桜宮病院の院長室。訪問先の部署こそ違えど、同じ時間ですからご一緒しましょう」

有無も言わせない通告だった。


結局、翌朝九時五十分に、桜宮病院駐車場に集合ということになった。細やかな時間設定をした結城を見て、ヤクザのくせに妙に几帳面《きちようめん》だなと、あらぬところに感心した。

僕はネットで桜宮病院を検索した。病院のウェブページは見つかったが、半年以上更新されていなかった。病院の外観にテキスト情報を張りつけただけ。素っ気ない作りだった。その外観は記憶の中のスナップ写真と一致した。百年以上の歴史、患者に親身な対応という理念など、新しい情報も取得した。病院長は桜宮巌雄、副院長は桜宮小百合《さゆり》。碧翠院のウェブページは作成中。葉子が見つけたボランティア募集のページも残されていた。手書きメモみたいな知識。でも、こういう小物が案外役に立つことも多い。

率直な印象を述べれば一言につきる。桜宮病院は、時代遅れの古くさい病院、だった。

僕と葉子はメディカル・アソシエイツを辞去した。外に出ると、夏の夕闇が色濃く僕たちを覆う。無駄と知りつつ、僕は葉子にクレームをつける。

「それにしても強引で滅茶苦茶《めちゃくちゃ》なアレンジだな。霞ケ関からの依頼とヤクザの頼み事を一緒に片づけろなんて」

「そうでもないわ。霞ケ関もヤクザ屋さんも同じようなもの。隙あらばカモをかっぱごうと虎視眈々《こしたんたん》と狙ってる。身体を張っている分、ヤクザ屋さんの方がまだマシかもよ」

葉子はしゃらっと言い返す。蒸した空気に包まれて、葉子の白いブラウスが夕闇に仄《ほの》かに浮かび上がる。ショート・ボブの髪が揺れた。

ふと、くちなしの花の香りがした。

五章　銀獅子《ぎんじし》

六月十五日　月曜日　曇　午前九時

月曜朝九時。僕がこの時間帯に活動しているなんて、何年ぶりかの快挙だ。僕は窓を全開にして、中古の愛車を走らせる。走行距離十万キロを超えているにしては、踏み込んだアクセルに対する反応は上々だ。和製カブトムシとして一世を風靡《ふうび》した我が愛車は、がらすきの海辺のバイパスを疾走する。窓から吹き込む風が僕の髪をなぶっていく。

医療法人碧翠院桜宮病院、通称でんでん虫のエントランスは海沿いの国道から引き込まれた私設道路のつきあたりにある。国道分岐直後に大きく曲がり、緩い勾配《こうばい》のだらだら坂が優美なシグモイド・カーブを描く。ラインをなぞり終えると、薔薇《ばら》の花のアーチをくぐり、病院前広場兼駐車場に到着する。

僕の愛車は、坂と呼ぶのもためらわれる傾斜に、黒い煙を吐き呻吟《しんぎん》する。その側を黒塗りの外車が、苦もなく音もなく追い抜いていく。入り口でくるりと小さな円弧を描いて止まると、その外車は、僕が山頂にたどり着くのを辛抱強く待っている。

「時間通りだなんて、落第を続けている学生さんらしくないですね」

横付けして窓から顔を出すと、結城が抑揚なく呟《つぶや》く。それから不意に、手で弄《もてあそ》んでいたコインを親指で弾く。銀色の放物線の軌跡の終末を、結城の手の甲が受け止める。右手の甲に重ねた左手を開いて、賭《か》けの結果を確認した結城は、微《かす》かに顔をしかめた。僕は結城に笑いかけた。

「当たりましたか」

結城は頬を痙攣《けいれん》させ、それから僕の愛車の屋根を撫《な》でる。結城は肩をすくめる。

「ゲン担ぎです。ツイてない時には、ツイている人の持ち物に触ることにしてるんです」

百万円をむしり取った相手をツイているなんて、よく言えたものだ。

結城が眼を細める。見つめる先に、セピア色のでんでん虫が聳《そび》え立っていた。

その視線の強さに、〝仮想敵〟という言葉が脳裏を掠《かす》める。

桜宮病院の外観は風変わりだ。地名と同じ名を持つこの病院は、赤煉瓦《れんが》が積み上げられた三層構造。上層に行くにつれ床面積が減じる。遠目には巻き貝のようだ。

通称でんでん虫。どの角度から見ても、必ずどこか一ヵ所が崩れているように見える奇妙な建物。独特のフォルムと雰囲気から、桜宮病院は常に子供たちの畏敬《いけい》の対象だった。

十七年前、夏休み直前の桜宮小学校三年一組。僕らの間で起きた大論争の発端は、教科書の絵と桜宮病院がそっくりだという級友の指摘だった。

でんでん虫か、バベルの塔か。大きさが違いすぎる、という点では互角の勝負だったので、純粋に形の相同性を競う、という高度に抽象化された議論に、幼い僕たちは夢中になった。延々と続いた論争は収拾がつかず、不完全燃焼のまま夏休みを迎えた。

ところが二学期が始まったある日、論争にあっさり終止符が打たれた。夏休みの間に、貝殻の隣にすらりと立つ東塔が、セピア色に塗り替えられていた。色調が整えられてみると、その姿はどこからどうみても、でんでん虫でしかあり得なかった。今や議論の余地はなく、〝バベルの塔〟案はうたかたと消えた。

呼称問題決着後も、でんでん虫は僕たち桜宮の子供たちの気を惹《ひ》き続けた。田端の言う通り、でんでん虫の身体には大小色とりどりのウワサがまとわりついていた。

でんでん虫が、夜な夜な砂浜を歩き回るというウワサ。死体をぼりぼりむさぼり喰《く》らうというウワサ。雨の夜に海に向かって泣き声を上げているというウワサ。振り返ってみると、不気味なウワサばかりだ。だが、そんな中にひとつだけ、美しい虹《にじ》の物語があった。

夏の夕暮れ、でんでん虫の触角、東塔のてっぺんが虹色に光るというウワサ。

医学部に入学して初めての夏休み、僕は小学校のクラス会に出席し、そこでそのウワサを聞いた。同級生は目配せし合って、言った。

きっと呪いか祟《たた》りだぜ……。

こんな美しい話に祟りなどという不吉な言葉が寄り添うのが不思議で、詳しく尋ねようとしたが、話題の中心が僕の医学生ライフに移り、その機会を失った。その夏、僕は毎夕でんでん虫を眺めたが、虹の触角を見ることはなかった。そして今日までその極彩色のウワサを思い出すこともなかった。

過去の心象風景と目の前の現実が、微かな不協和音と共に重なり合っていく。

正面にはセピア色の細長い東塔が見える。その姿は記憶の中の風景とほとんど変わらないが、一回り小さく感じる。振り返ると、視界いっぱいに鈍色《にびいろ》の海原が広がっている。海岸通りに面したでんでん虫は街に背を向け、真っ直ぐに水平線の彼方《かなた》を見つめていた。ごう、と風が鳴り、僕の横を海風が吹き抜けていった。僕は海原の鈍い眩《まぶ》しさに眼を細めながら、結城に尋ねる。

「ご一緒したら、怪しまれませんか？」

結城は細い眼をさらに細める。読みにくい表情が一層、読めなくなる。

「たぶん大丈夫でしょう。天馬さんはボランティアに応募しただけですし、今の段階で、自分たちが仲間だなんて、誰も思いません。それより素知らぬ顔をして一緒に行けば、単独行動では得られない情報を得ることもできるかもしれない」

声の調子から、笑っているらしい、と気がつく。消え入りそうな声とは裏腹な、剛胆な思考法。腹の据わり方が違う。僕が手玉にとられたのも当たり前だ。

大きなショルダーバッグを肩にかけた僕は、結城に従って桜宮病院のエントランスに向かう。二つ目の薔薇《ばら》の花のアーチ・ゲートをくぐり抜ける。するといきなり、でんでん虫の威容が覆い被《かぶ》さってきた。

正確に言えば、僕の正面に相対しているのは通称東塔、でんでん虫の本体だ。僕は窓を数えて、セピア色の東塔が何階建てか確かめる。最上階は五階。かつて、虹色の光を発するとウワサされた触角。見上げると、白いカーテンが風に舞っていた。

目を凝らすと、窓枠には女性が寄り添い、僕たちを見つめていた。僕と目があう。白髪《はくはつ》。肩にかかった髪はゆるやかにカールしている。気品漂う老婦人といった風情《ふぜい》だ。見る角度が変わると、いきなり幼女のように見えた。

僕の視線が女性を捉《とら》えたのは一瞬だった。次の瞬間窓は閉まり、風にひらめくカーテンは部屋に閉じ込められ、死に絶えた。

背後から聞こえるエンジン音に振り返る。広々とした海原の真ん中から、黒塗りのワゴンがせり上がってきた。減速する気配を全く見せないまま僕たちの目の前を通過し、東塔の脇腹に急停車した。ネズミ色の服が二人、車から降りた。軽やかな身のこなし。車のドアが閉まる音と呼び鈴の音が重なる。

「到着しました。お願いします」

風の音に紛れて、男の声の切れ端が僕の耳に届く。しばらくして扉が開いた。

「早かったな」

野太い声。突然出現した銀髪が、くすんだ空間に光の尾を曳《ひ》く。

「あれが桜宮巌雄病院長です」

結城が僕に囁《ささや》きかける。巌雄の視線が僕たちを捕捉《ほそく》した。僕は小さく会釈した。

巌雄は視線を僕たちから外さずに、車から降りた二人に話しかける。

「地下で待っていてくれ。先客がある。用事を済ませたらすぐ行く」

銀髪の獅子《しし》が顎《あご》をしゃくって僕たちを指す。車の二人は振り返り、物憂げに僕たちを視認した。

海風が埃《ほこり》を舞い上げ、僕たちの間を吹き抜けていった。

僕たちは一緒に応接室に通された。どうやら結城の目論見《もくろみ》は大はずれで、たちまち二人一組だと看破されてしまったようだ。正確には、素直な誤解から隠された真実にたどり着かれてしまったわけだ。結城と僕は並んでソファに腰掛ける。膝《ひざ》丈の小テーブル。黒いダイヤル式電話。カット硝子《ガラス》の灰皿だけが、かろうじて僅《わず》かに装飾の匂いを残している。

僕は小声で結城に話しかける。

「完全に関係者だと思われていますよ」

「大丈夫。自分に任せて下さい」

「絶対バレてます」

「ここまで来たらもう遅い。だけど心配ないです。天馬さんは強運の持ち主ですから」

結城の言葉に首をひねる。僕が強運？　そういえば、昨日もそんなセリフを聞かされたような気がする。葉子がそう伝えたのだろうか？　いや、僕をよく知るハコが、そんなことを言うなんてあり得ない。一体どういうことだ？

ブヨのようにまとわりつく疑問符を、僕は両手で追い払う。結城は続ける。

「そんなことより、修羅場は久しぶりなもので、少々油断しました。どうやら自分は、この老舗《しにせ》病院の危険度を見誤ったようです。ここはヤバい。自分の中の警報が強くなる一方です。自分ひとりならとっくに逃げ出しています」

「まだ間に合います。今からでも手を引きましょうよ」

結城は頬を微《かす》かに痙攣《けいれん》させる。

「そうはいきません。自分たちの世界では、折れると格が下がる。倒されても、立ち上がればいい。でも折れてはいけない。ナメられる。それはこの業界では致命傷です」

結城は独り言のように続ける。

「それに善次は、あれでも一応義理の息子なんです。一人娘の茜と結婚したばかり。警報程度では引き下がれない。だから今日は強運の天馬さんとご一緒させていただいたんです。それでも、足りなかったのかもしれませんが……」

結城は唇を噛《か》んだ。

しばらくすると、ポニーテールの女性がやって来て、僕たちを二階の院長室へ案内した。院長室の古めかしく重厚な扉を開くと、唐突に空間に輝ける銀髪が出現した。大きな眼がぎょろりと僕たちを眺める。小柄な身体から発せられる風圧に一瞬息がつまる。

ふと、深い森の奥でひそやかに樹齢を重ねた屋久杉《やくすぎ》を思い浮かべる。

「君たちはメディカル・アソシエイツ、ですか」とやらの方たちだね」


「メディカル・アソシエイツ、です。結城と申します」

結城は口元を痙攣させ、うっすら笑う。いや、笑ってみせた、ように思う。その笑顔らしきものを見て、巌雄は一瞬鼻白む。間の悪さから逃れるように、僕に視線を転じる。

「こちらは部下かね？」

「いえ、ボランティアに応募された方です。入り口で偶然一緒になりました」

しれっとウソをつく結城。

「別件か。それなら最初に言え。ボランティア関連は、碧翠院の管轄だ。今、係の者を呼ぶから待っていなさい」

巌雄は呼び鈴を押し何事か命じる。しばらくすると女性事務員がやってきて、巌雄に書類を手渡した。ちらりと僕の名前が見えた。おそらく葉子が勝手に送った申込み用紙だろう。巌雄は紙片を机の上に投げ出し、興味なさそうにちらりと見た。それから、突然紙を取り上げ、まじまじと見つめた。僕の顔と書類を交互に眺めている。

「これはこれは……」

少し大袈裟《おおげさ》な気もするが、多分僕の名前に感心しているのだろう。よくあることだ。天馬大吉。『縁起いい名前コレクター』なら垂涎《すいぜん》モノのお目出度《めでた》さ。巌雄は僕の顔を見つめながら、受話器を取り上げた。二、三言、短い指示を出す。視線を切らずに僕に尋ねる。

「東城大学医学部に在籍しているのか。ワシの後輩だな。出身は桜宮かね」

「ええ」

唐突な質問に、僕はうなずく。巌雄は僕から視線を切らない。

ノックの音と共に、白衣の女性が現れた。

フラッシュ・バック。真夏のシルエット。瞬間、僕はどきりとする。あの人に似ている。

白衣の女性は低く沈んだ声で挨拶《あいさつ》をした。

「副院長の桜宮小百合です」

僕はうなずきながら、密《ひそ》かに呟《つぶや》く。だけどどこかが違う……。巌雄が怪訝《けげん》そうに、小百合と名乗った女性に尋ねた。

「すみれはどうした？」

「今日は大学病院の方です」

「ああ、研修日か。それでは天馬君、詳しい話は副院長の小百合から聞いてくれ」

僕は改めて、小百合を見た。若く見えるが、三十代後半か。肩にかかる黒髪。洋館の廊下にひっそり座る仏蘭西《フランス》人形の白い顔。永遠の少女という面持ちだ。髪先にしきりに触れるのは、不安の表れか。

僕は小百合に従い院長室を出る。振り返ると巌雄が僕を見つめていた。結城も視線を僕に投げる。小百合がゆっくりと扉を閉め、二人の視線を遮断した。

六章　薄闇の白百合《しらゆり》

六月十五日　月曜日　曇　午前十一時

「ボランティアは碧翠院の管轄なんですが、責任者は研修日で東城大へ行っています。うっかりしたんだと思います。ですから今日はボランティアはお願いできません。その代わり、病院内部をご案内します。うちの仕事を手伝っていただくわけですから、時間の無駄にはならないと思います。まず本館にご案内しましょう」

穏やかな口調で説明する小百合に従い、地階に降りる。リノリウムの床がきしむ。微《かす》かな消毒薬の匂い。影が紗《うすぎぬ》のように重なり、地下室の空気がひんやりと僕を包んだ。

天井からぶら下がった看板には、左が東塔（レントゲン・CT）、右は本館（入院病棟）とある。東塔の矢印は黒い扉につきあたり、その手前で左右にレントゲン室とCT室にふり分けられている。本館の通路は長い直線廊下だ。天井灯の光は弱々しい。煉瓦《れんが》の壁に細い鉄管が不規則に這《は》い回っている。僕たちの歩みが進むにつれ、ひんやりとした薄闇が臆《おく》病《びょう》に半歩ずつ後ずさっていく。そうして僕たちの周りは常に微かな薄明かりに包まれ、歩くに従い薄闇はわずかずつ後ろにはじかれていく。気がつくと僕の背後では、降り積もった薄闇が漆黒《しっこく》の闇へと変容していた。

僕はふと不安になって、どうでもいいようなことを口にしていた。

「煉瓦の地下通路なんて初めてです。年代物ですね」

「この通路は終戦直前に作られました。当時は防空壕《ごう》として使われる予定でした」

防空壕。古色蒼然《こしょくそうぜん》たる単語が唐突に出現し、時代が巻き戻る。夕闇の中の白百合《しらゆり》のように、小百合の姿がぼんやりと蛍光を放つ。小百合はぽつんと呟く。

「終戦直前は、ここが代用監獄として徴用されたこともあったんですよ」

僕はどう受け答えをすればよいのかわからないまま、居心地の悪さのあまり、とっさに話の重心をずらしてしまう。

「ここには今、入院患者は何人いらっしゃるんですか？」

「ベッド数は公称五十ですが、稼働しているのは二十床です」

「これだけ広くて、たった二十床しかないんですか？」

「ええ、医師数が少ないので、患者に丁寧に接するには、それで精一杯なんです」

これでは閉院寸前の小規模個人病院だ。どうして今、厚生労働省がこんな小病院に脚光を当てているのだろう。

地下廊下のつきあたりを右に折れると、階段ホールが現れる。振り返ると東塔の入り口は完全な闇に閉ざされていた。エレベーターは旧式で時間がかかるんです、と言い訳して、小百合は階段を上っていく。引き締まった足首を見ながら、僕はその後に続く。

階段を上りきった小百合は、一階の扉を開け放つ。

眩《まぶ》しい光。ベッドが壁沿いに配置されたオープンスペース。壁周沿いに十のベッドがカーテンで仕切られている。

ベッドから、むくりと頭を持ち上げた生物が、東・西・南の三方から北の扉に佇《たたず》む僕たちに向かって一目散にかけ寄ってくる。赤・青・黄色の色違いでお揃いのTシャツを着た三人組の婆さんたち。顔立ちは全然似ていないのに、服装が同期《シンクロ》しているせいなのか、三人揃って僕を見つめるその姿からは血縁以上の強い連帯感を感じる。その前に佇む端正な小百合の姿は、徳の高いお坊さんのよう。一瞬、三婆トリオがお供三人の姿とダブった。一度浮かんだ想念は容易に消し難く、僕の脳裏には、たちまち古代中国の民族衣装を着た三人の姿が張りついてしまった。チリン、と鈴の音が鳴る。

——まるで西遊記だな。

僕の呟《つぶや》きは聞こえなかったとは思うのだが、三人のお供が、ほぼ同時に口を開いた。

「小百合、新しい皮膚科のお医者さんはこの人かね？」「ずいぶんぼうっとしてるわね」「そんなことない。立派な先生じゃ」「立派だって？　バカこくでねえ」「ま、色男だからええじゃろ」「色おとこ？　あんたって、ホントに見境なしね」

落ち着き払った三蔵《さんぞう》法師が、お供の狼藉《ろうぜき》をやんわりと、たしなめる。

「皮膚科の先生は遅れます。大学からわざわざお呼びした非常勤の先生なんだから、あまり振り回さないでちょうだいね。この前の先生みたいに、二度とくるもんか、なんて言われたら大変だから。でね、こちらはボランティアの学生さん」

その程度ではお供は黙らない。何しろ孫悟空《そんごくう》の頭にはまだ金輪がはめられていなかった。

「タダ働きの学生さんか。珍しいな」「最近は取材が多かったもんね」「かっこいいのう」「かっこいいですって？　見境なしね」「手ぶらか？　この間のヤツは、饅頭《まんじゅう》ぶら下げてきたがの」「でも、ほら、あれは取材だったから」「バカこくな。取材だって何だって訪問する時の礼儀は同じじゃ」「心配するな。あの大きなバッグの中には、ワシらへの土産がたんまりと」「たんまりと。ヒッヒッヒ」

——頭が痛くなってきた。

黒バッグを両手にしっかり抱きしめて、僕は小百合に尋ねる。

「何なんですか、この人たち」

「いい加減にしなさい。学生さんが困っているでしょう。今日は施設の紹介が目的よ。各自持ち場に戻りなさい。もうじき昼食よ、ほらほら、今日の配膳《はいぜん》当番は誰？」

ぱんぱんと手を打って小百合が指示する。

「今日の当番はトクだ」「何言っとる、加代《かよ》だろよ」「馬鹿言わないで、みっちゃんだわ」

小学生の給食当番のなすりつけ合いのようなやり取りをしながら、三婆は各自の縄張りに戻っていく。気がつくと、僕は無意識に、赤シャツを孫悟空、青シャツを沙悟浄《さごじょう》、黄色シャツを猪八戒《ちょはっかい》と命名していた。

三蔵法師、小百合はにっこり微笑んで言う。

「ごめんなさいね。みんな退屈していて、刺激に飢えているんです」

僕は本館二階の面談室に案内された。小百合は膝《ひざ》を揃え行儀良く座った。ポニーテールの若い女性が紅茶を二つ、運んできた。礼を言った僕に小百合は尋ねる。

「ところで天馬さんは、どうしてボランティアをなさろうと思ったの？」

いきなり素直な質問をぶつけられ、僕は動揺した。

「ええと、その、あのですね、僕の婆ちゃんが亡くなった時、病院でいろいろとお世話になったので、いつか誰かに恩返しをしたいな、と思っていて、それでですね……」

しどろもどろの僕の台詞《せりふ》に、小百合は微笑む。

「偉いんですね。頑張って下さい。ウチも助かりますので。ところで天馬さんは医学部の何年生ですか？　応募書類の記載が落ちていたものですから」

「えと、確か三年生だったかと」

葉子のヤツ、いい加減にも程がある。とは言っても、僕自身の返答がこれなんだから、まあ、仕方がないか。

小百合は唇の端を微かに持ち上げて、最小限の微笑みをしてみせる。

「変な言い方。天馬さんって面白い方ね」

僕は、小百合の笑顔を見て、少し情報を取りに行ってみようかな、と思った。

「この病院では終末期医療で画期的な試みをされていると聞きましたが」

昨日、スズメで田端から聞きかじった情報だ。うつむく小百合には、引っ込み思案という形容がぴったりだ。小百合は掌《てのひら》を片頬に当て、小首を傾げて答える。

「多分、患者さんに業務の一部を担当してもらっていることを指しているのでしょう。体調に応じて院内の業務を分担してもらい、労働対価は院内で流通するポイントで支払い、院内経費と相殺しています。業務内容は食事の支度、洗濯、院内清掃、患者搬送などです。調理係は栄養士の指導の下での当番制です。月一回の献立会議で、各自の得意料理を献立に組み込むの。料理が苦手なら他の業務に振り替えることも可能です」

部屋を出た小百合は、二階の中廊下から一階を見下ろして、説明を続けた。

「一階は開放病棟風の造りで症状の軽い方の居室。二階は症状がやや重く安静が必要な人や、個室希望の人たち。三階は、亡くなる直前の患者が最後の日々を過ごす特別室です。三階に滞在するのは一日、長くてもせいぜい二日程度です。できるだけぎりぎりまで、普通の生活を送れるように配慮しています」

「延命治療はしないのですか？」

僕の脳裏に、身体中にチューブを突き刺された祖母の姿が浮かんだ。

「基本的にしません。ここは死を受容するための病院ですから。死が近づくにつれ上階に上がり、天へ近づく。それを患者さん自身に理解してもらうんです」

「末期患者専門のホスピス施設なんですか？」

「ある一面では、そう考えてもらって結構です。以前は東城大学からも末期患者が大勢送られてきました。最近はほとんど送られてこなくなりましたけど」

「さっきのお婆さんたちも末期なんですか？」

　僕は驚いて尋ねた。小百合は無表情にうなずく。

「そうね、天馬さんにはいずれ近いうちにスタッフとして協力していただくわけですから、説明しておきましょう。赤シャツを着ていた美智《みち》さんは乳癌の全身転移。手術を拒否して原発巣が残ったまま。青シャツの加代さんは甲状腺《こうじょうせん》癌再発のエンド・ステージ。黄シャツはトクさんで子宮癌末期です。みなさん身寄りがありません。ここは、そういう人たちが流れ着いてくる病院なんです」

　三人の婆さんたちは僕より長生きしそうに見えたので、意外だった。天竺《てんじく》にたどり着くどころか、天竺シャトル便を五往復くらいはできそうに思えたのだが。

「どうして患者に働いてもらう、なんてことを思いついたのですか？」

「妹のアイディアです。患者は病気を持った普通の人、病気だからといって、普通に生活する権利や生きる楽しみまで奪うのはおかしい、ベッドにくくりつけていたら、よくなる人までも悪くなる、というのが彼女の持論です」

　妹とは碧翠院の副院長、桜宮すみれのことだろう。

「その理論を導入した効果はいかがでしたか？」

　小百合は笑った。

「終末期患者のＱＯＬ（生活の質）は劇的に向上して、平均存命期間も延びました。妹がその結果を老年医学会で発表した時はかなりの反響でした。だけど本当に重要なのは、ここでは患者さんがみんな生き生きしている、ということです」

「同感です」

三婆が殺到してきた勢いを思い出し、僕は即座に同意する。ただし、あれを生き生きしている、という、生ぬるい言葉で表現するためには若干の心情的補正が必要だったが。

「このシステムのおかげで看護師を減らすこともでき、人件費削減も可能になりました」

「そういえば、看護師さんの姿をお見かけしませんね」

ここに来てからずっと気になっていた疑問をさりげなく口にした。白衣のナースとの遭遇を期待した僕の下心を見抜いたか、小百合は笑う。

「看護業務は、医療業務と日常生活の維持業務の混合物です。生活維持部分は医療スタッフが行う必然性はありません。その部分を患者スタッフ業務に振り分けると、看護師を医療業務に専念させることができます。三階特別室に患者がいれば私も三階に宿直して、夜勤看護師を補佐します。若い看護師は少ないですけど、これで何とか回しています」

この病院には、徹底的に無駄を削ぎ落とした清潔さが漂っている。ここには終末期患者を扱う病院特有の、重く澱《よど》んだ空気は希薄だ。僕は祖母の死を思い出す。じんめりした病室。澱んだ空気。黴《かび》の匂い。僕はあれが屍臭《ししゅう》だと思っていた。だがここに来て、自分の思い違いを知った。どうやら「死」とは無色透明、無味無臭なものらしい。

「患者さんはさぞ大変でしょうね」

口に出してから三人娘を思い出し、そんなことないかも、と心中で訂正する。ここは常識論が通用しない異次元空間。百年生き永らえる末期患者が潜んでいても不思議はない。

「患者さんたちは、むしろ楽しんでいます。もっとも患者数が減少し、給食システムの維持は難しくなったから、半年前から月半分の食事は外注にしましたけど」

どうやら、桜宮病院のシステムには大きな穴がありそうだ。患者に労働力を担わせれば当然発生するリスク。快癒にしろ病状悪化にしろ、患者は仕事に慣れる頃合いに病院を去る。患者を労働力の基礎に据えるシステムは、脆弱《ぜいじゃく》な土台に築かれた砂上の楼閣だ。

「お隣の碧翠院では、お葬式もするんですか？」

僕は質問を変えた。小百合はうなずく。

「お寺ですからね。父は僧侶《そうりょ》の資格も持っています。烈風院峻厳居士《れっぷういんしゅんげんこじ》という戒名まであるんです」

「怖そうな戒名ですね。だけど戒名って確か、死んでからつけるものでは？」

僕は、空間さえもえぐり取ってしまいそうな、巌雄の鋭い眼差《まなざ》しを思い出す。

「戦地で一度死んだから、だそうです。父は南方戦線の生き残りです。人は死ぬ。そこから目を背けるな。これが父の教えです。隣が火葬場だという環境も影響しているかもしれません」

「敬遠されませんか？　病院とお寺と火葬場が一緒だなんて、縁起悪そうですが」

「火葬場に関しては市に土地をお貸ししているだけです。口の悪い人は、桜宮病院で診察されて碧翠院で骨壺《こつつぼ》になるまでは流れ作業だなんて言っていますが」

小百合の穏やかな声に耳を傾けながら、僕は心の中の古びたアルバムをめくりはじめる。

碧翠院。忘れかけていた冒険心が甦《よみがえ》る。幼い頃、よく境内で遊んだが、実は碧翠院本院を目にしたことはこれまで一度もない。探検と称して、森の奥深くに隠されている本院を探しにいった。深まる森が薄暗くなっていくと、そこはかとない恐怖が足元に忍び寄る。そして、気がつくと途中で引き返しているのが常だった。

「今から碧翠院の見学をさせていただけませんか？」

「今日は無理です。碧翠院代表は母なんですけど、静養中で、今は副院長の妹が実務を仕切っています。月曜は妹の研修日で、東城大学へ行っているんです。あなたに今日来るように指定したのだから、本当なら研修を休むべきなのにね。ごめんなさい」

そう言うと小百合は、それまでとは色合いの変わった、ひやりとした調子で呟いた。

「すみれは、いつも詰めが甘いんだから」

僕は、その言葉の感触に違和感を覚えながらも、愛想よく答える。

「いえ、どうせヒマな学生ですから」

これは本音だった。少なくとも一日、ボランティアをしなくて済む日が増えるのは万々歳、謝られると却《かえ》って恐縮してしまう。小百合は誤解したまま、話を続ける。

「本人に確認しないとお約束できませんが、明日は絶対大丈夫でしょう。確かめてから、改めてご連絡します」

いえ、あの、そんなにしゃかりきになっていただかなくても……。僕は小百合の意気込みを中和すべく、ぼんやりした口調で尋ねた。

「妹さんはおいくつ下ですか？」

「同い年です。私たち、一卵性双生児なんです」

会話が一段落し、僕は携帯のメール・チェックをする。圏外マークが画面に張りついていた。小百合は、その様子を見て言う。

「この病院では携帯の電波は、ほとんど入りません」

それから、思い出したようにつけ加える。

「ここに電話する時には必ず市外番号をつけるようにして下さい。桜宮病院と碧翠院は独立した施設で、桜宮病院はK県、碧翠院はS県です。敷地内を県境が走っています。桜宮病院から碧翠院までは徒歩十分ですけど、電話をする時には互いに市外局番をつけなければならないんです」

僕は桜宮病院を辞することにした。僕を見送った小百合は、会釈するとくるりと向きを変える。その後ろ姿には余韻がない。瞬時に脱皮した蛇みたいで、僕の手に残された小百合の印象は、まるで蛇の抜け殻だ。後ろ姿を見送りながら、僕は首をひねる。

今まで、僕は本当にあの女性と話をしていたのだろうか？

駐車場で、黒い外車にもたれかかっていた結城が、僕に向かって手をあげた。

「待っていて下さったんですか？」

結城は、照れくさそうに眼を細める。初めて結城の姿に微《かす》かな色彩が着色された。

「天馬さんの方は、いかがでした？」

「特に問題はありませんでした。結城さんは？」

「自分もです。はじめは、まあこんなものでしょう」

「立花さんの消息はわかりましたか？」

「からきし、です。もともと、そんなに簡単に摑《つか》めるはずもないと思っていましたしね。それでも善次が院長と面会した事実だけは確認がとれましたが」

結城の表情が曇る。僕は明るい声で言う。

「まあ、結城さんは無事でしたから、ご心配はやっぱり取り越し苦労でしたね」

「結果的には、ね。でも天馬さんとご一緒しなかったら、同じ結果だったかどうか……。案外、保険が利いたのかもしれません」

僕が明日、再訪問を取りつけた話をすると、結城の眼が一瞬鈍い光を放つ。

「それはよかった。こちらはけんもほろろでしたから。もっとも自分が本気なら、あんなナメた対応はさせませんがね」

結城の声が、深い海の底から響いてくる。

僕と結城は背中合わせに車に乗り込む。イグニッション・キーを回すと、バックミラーに切り取られたでんでん虫の触角が微かに震える。重く垂れた眼瞼《まぶた》のようなカーテンが、白い窓を覆い隠している。

国道合流点で僕は左、結城は右に折れた。別れ際、結城は手をあげ敬礼のような挨拶《あいさつ》を送ってきた。僕は会釈を返した。

夜。小百合から電話があった。すみれの謝罪の言葉を伝え、碧翠院訪問の承諾を伝えた。事務的な会話だった。約束は明朝九時。目覚ましを八時にセットして、僕は眠りについた。

七章　わがままバイオレット

六月十六日　火曜日　曇　午前九時

朝。空は鈍い光を放ち、雲は重く垂れ込めている。湿気を孕《はら》んだ空気はじっとり重い。僕は海沿いの国道を、窓を全開にして愛車を走らせている。左手には水平線が白く光る。海岸通りをしばらく行くと、右手の視野の片隅にでんでん虫を捉《とら》えた。それを行き過ぎた直後、僕は唐突にハンドルを右に切る。碧翠院へ至る道は、釣り針のようにフックする。遠回りのようにして裏から入りこむイメージだ。

最後の返しを決めると山門が現れる。柱に掛けられた古ぼけた額に、雄渾《ゆうこん》な書体で碧翠院とある。門をくぐると、緑の洪水に溺《おぼ》れそうになる。窓から流れ込む草いきれの濃厚な匂いは、幼い日の思い出を呼び覚ます。

山門を越えると碧翠院までは一本道だ。

桜宮の子供は、誰でも一度は自分の親に、碧翠院の漢字の意味を尋ね、どちらもみどり色のことだと教えられる。みどり色はひとつじゃないの？　子供がそのように尋ねると、親はこう答える。あのね、人の顔にもいろいろあるようにみどり色にもいろいろあるの。

子供は不思議そうに親の顔を見る。親は、答えた後で自分もかつて同じ質問をして、そして同じ答えを聞かされたことを思い出す。

桜宮ではこうして、みどり色の寓話《ぐうわ》が語り継がれていく。他愛《たわい》もない会話に潜む真理。緑のトンネルを抜けると社殿が見えた。子供の頃ためらいを誘発した距離は、アクセルの一踏みであっけなく消滅した。こうやって人は伝説を失い、大人になっていくのだろう。

僕の視界いっぱいに風格ある佇《たたず》まいが広がった。風雪に耐え存在し続けた黒ずんだ社殿を取り囲むのは満開の紫陽花《あじさい》だ。赤と青の間のすべての中間色を取り揃えたその威容は、豪奢《ごうしゃ》だった。

玄関前に車を止めた。入り口の階段に女性が腰掛けていた。白衣の裾《すそ》から、赤いタイトのミニがのぞく。綺麗《きれい》な脚を組み、煙草をぷかりとふかしている。

確かに一卵性双生児なのだろう。顔立ちは小百合にそっくり。だが見た目は全くの別人だ。明るい栗色の髪は、スポーティなショート・カットで、唇には意志の強さを感じさせる、かっちり引かれた真っ赤なルージュ。茫漠《ぼうばく》として控えめな小百合と違い、すべてが明《めい》瞭《りょう》で華やかだ。僕は、心の中に棲《す》んでいるお姫さまと重ね合わせてみる。

似ている。だけどやっぱりどこか違う……。

眼が合うと、すみれは組んでいた脚を素早く解《と》いて立ち上がる。

「ボランティアの天馬さんね。碧翠院副院長の桜宮すみれです。昨日はごめんなさい。内部での連絡不行き届きがあってね」

　手をさしのべられ、戸惑いながらひんやりしたその手を握り返す。

「天馬大吉です。よろしくお願いします」

「こちらこそ、お世話になるわ。それより天馬大吉ってすごい名前ね。縁起が良すぎて苦労したんじゃない？」

　すみれは一言で本質をずばりと衝《つ》いてくる。僕は苦笑いした。

「まあ、そんなこともありました」

「一日出遅れてるから、手っ取り早く済ませましょう。まず朝の回診。そこでスタッフに紹介するわ」

　廊下に僕の足音だけが響く。すみれは足音をたてずに歩く。

　木製の引き戸につきあたると、がらりと扉を開け放つ。

「グッ・モーニン、エブリバディ」

　部屋の明るさに戸惑い、僕は目をこする。そこは、こぢんまりしたオフィスだった。向かい合った机にはパソコン、若い女性が三人、年輩の男性二人。総勢五名が各自の机で作業をしていた。全員が一斉に顔を上げて、僕とすみれを見た。

「みなさんにご紹介します。こちら、今日からボランティアとして参加してくれる天馬大吉君。何と、東城大学医学部の学生よ。天馬君、自己紹介してちょうだい」

　僕は突然のご指名にうろたえた。

「ええと、天馬大吉と申します。よろしくお願いします」

すみれの眼が笑顔で細くなる。

「それだけ？　ずいぶんあっさりしてるわね」

場の空気が微かに緩んだ。すみれが尋ねる。

「ところで天馬君って何日コース希望？　一週間？　十日間？　それとも二週間？」

「ええと、確か一週間コース、だと思いましたが」

とばっちりの無理難題は早々に切り上げるのが正解だ。僕は瞬時にボランティア予定期日を最短に設定した。

「こんな時期に一週間もボランティアなんかやって、授業やテストは大丈夫なの？」

しごくごもっともな指摘だ。だが、この雰囲気の中では、借金のカタに送り込まれた、などという真相は、口が裂けても言えない。僕はしおらしく答える。

「ええ、まあ、テスト休みとサボリのミックスサンドですから」

「ふうん、天馬君って怪しげだね。そこまでしてボランティアしたいというタイプには見えないんだけど」

僕はすみれの嗅覚《きゆうかく》の鋭さにひやりとする。愛想笑いでごまかす。

すみれは僕の笑顔を見つめていたが、肩をすくめて笑う。

「ま、いっか。それじゃ、朝の点検。根岸《ねぎし》さん、日誌を下さい」

根岸と呼ばれた中肉中背の中年男性が、すみれに冊子を差し出す。根岸は細々した数字を逐一説明し始めた。会長を前にした小心者の経理係長といった風情《ふぜい》だ。すみれは日誌のページをめくりながら指示を出す。一段落すると、顔を上げて僕を見る。

「こちら、根岸さん。碧翠院の経理全般を仕切ってもらっているの」

大股《おおまた》で三歩、隣の机の若い女の子のところへ移動。乱雑なパーマ頭を小刻みに揺らしてキーボードをもの凄《すご》い勢いで叩《たた》いている、小柄な女性に声をかける。

「杏子《きょうこ》ちゃん、掲示板保守、よろしく。ところで、何か面白いニュースでもあった？」

杏子はパソコンのキーを叩きながら顔を上げずに答える。

「昨日、ほ、本館に、あ、あ、新しいひ、皮膚科の、先生が、き、来たんだって」

「そうらしいわね」

「そ、それが、ぶ、ぶっ飛んでる、せ、せ、先生、らしいの」

「さすが電脳戦士・南雲《なぐも》杏子、早耳ね。小百合はゆうべは何も言ってなかったけど」

「び、び、びっくり、しちゃって、何も、い、い、言えなかったんじゃ、な、ないかな」

「それは楽しみ。手に負えなくなったら、三婆みたいにこっちに押しつけてくるかも」

「あ、あの時は、み、みっちゃんが、ば、『薔薇《ばら》の知らせ』に、さ、逆らったせいでしょ。事情は、ち、違うと思う」

「あの時の小百合のあっけに取られた顔は見物だったなあ」

すみれはけらけら笑う。

「この娘《こ》は、南雲杏子ちゃん。ネット関連全般を仕切ってる。碧翠院の電脳戦士なの」

その隣の車椅子の男の前で、すみれの笑顔が消える。

「加賀《かが》さん、お加減はいかがですか」

加賀と呼ばれた男はこほこほと咳《せ》きこむ。末期患者の不健康なやせ方。悪液質《カヘキシー》、というヤツだ。だが、落ちくぼんだ眼は強い光を放っている。加賀の周りだけ空間の色が違う。漏れ聞こえてくる加賀の言葉には無駄がなく、身体と同じように贅肉《ぜいにく》をぎりぎりまで削《そ》ぎ落とした鋼のような緊張感が漂う。

すみれは、敬愛する恩師の前でだけは、しとやかにふるまうじゃじゃ馬娘といった風情だ。すみれは僕を振り返る。

「こちら、加賀さん。碧翠院の大黒柱よ」

加賀は静かに会釈した。僕はふと、加賀の顎《あご》に古い刀傷があることに気がついた。

すみれは向かい合わせの反対側の机に移動する。ディスプレイの陰に隠れていた二人の女性が姿を現す。

「日菜《ひな》ちゃん、あんた……」

驚いたようなすみれの声が響く。

日菜は二十代前半か。背中に届く明るい栗色のストレート。おとなしそうな娘だ。その隣では、ポニーテールの女性が眼を泣きはらしていた。二人はお揃いの濃紺のリストバンドをしていた。そして日菜の机の上には深紅の薔薇が一輪、ひっそりと佇んでいた。

「一体、いつ？」

「ゆうべです……ねえ千花《ちか》、もう泣かないで」

日菜と呼ばれた女性は困ったように笑う。ポニーテールの千花が言う。

「すみれ先生、どうして日菜が先なの？」

質問に答えず、すみれは扉の方へ目線を投げかける。

「小百合に確かめてくる」

日菜がすみれを呼び止める。

「すみれ先生。いいの。私からお願いしたの」

足を止め、すみれは振り返る。

「どうして？　もう疲れちゃった？」

「ううん、そうじゃないの。今なら受け容《い》れられると思っただけ」

日菜は首を振る。すみれは日菜を見つめ、尋ねた。

「本当に、それでいいの？」

うなずく日菜の眼にためらいはない。すみれは目線を上げる。

「あたしは絶対諦《あきら》めない。気が変わったら教えて。絶対だよ。約束して」

日菜はうなずく。すみれは続ける。

「あんたは大事な人なの。大切でかけがえがない人」

「……すみれ先生、ありがとう」

日菜は大粒の涙をこぼす。周りの人たちは自分の仕事に専念するフリをして、無関心を装う。千花が鼻をすする音だけが部屋に響く。

分厚い雲間から覗《のぞ》いた陽射しが一瞬、凍えた部屋を照らし出した。

根岸に日誌を突き返すと、すみれは足早に部屋を出た。存在を無視された僕はあわてて後を追う。つきあたり、硝子《ガラス》の扉の前ですみれは、思い出したように振り返る。

「ここがあたしの部屋。ここで少しお話ししましょ」

扉を開けるとそこには机、パソコン、きちんと並べられたファイルが整然と配置されていた。医師というより、有能なビジネスマンの机だ。大きな窓の隅には、遠く水平線のかけらが見える。

「紅茶でいいかしら？　というより、紅茶しかないけど、いい？」

僕がうなずくと、すみれはインターフォンで指示する。

「千花ちゃん、ダージリン二つ、オフィスまで。よろしく」

しばらくすると紅茶の香りをその身にまとい、ポニーテールの千花がやってきた。眼の縁が赤い。紅茶カップを置いてドアを閉めた千花の後ろ姿を見送った僕は、昨日面談室に紅茶を運んでくれたのも千花だったことに気がついた。

すみれは僕と向き合った。

「さて、天馬君がボランティアに応募してきた理由を聞かせていただきましょうか」

「祖母が亡くなった時、病院にお世話になりました。時間ができたら、医療機関でお手伝いできればな、とずっと考えていたんです。そんな時、ここのボランティア募集が偶然目に入り、応募しました」

昨日よりもずっと流暢《りゅうちょう》で、僕は自分の格段の進歩に満足した。すみれは僕を見つめた。

「ふうん、じゃあ聞くけど、医療を通じて人の役に立ちたいと思っている人が、留年を繰り返しているのは、なぜ？」

僕は虚を衝《つ》かれて、黙り込む。すみれはそんな僕をしばらく見つめていた。

やがて、ふわりと笑う。

「ま、いっか。そういうことだって、あるかもね」

僕はほっとして、尋ねた。

「さっきの人たちもボランティアなんですか？」

すみれは僕に向かって、計るような視線を投げかけてから、天井を見上げる。

「実は純粋なボランティアはいないの。加賀さんは肺癌末期だけど、無理にお願いして碧翠院にとどまってもらっている。本来なら桜宮病院にいるべき人。加賀さん以外は一見健康そうに見えるけど、ああ見えて実はみんな患者なの」

「大学サークルか、立ち上げたばかりのベンチャー企業みたいに見えましたが」

すみれが手を打ってけらけら笑う。

「病院じゃないみたいって言いたいわけね？　天馬君、なかなか鋭い」

「必ずしもそう言ったつもりではないんですが……」

しどろもどろの僕を見て、すみれはにこにこする。

「冗談よ。普通ではないけど、ここは病院。心療内科の作業療法の変法を行っているの」

「あのお嬢さんたちも治療を受けているんですか？」

すみれは真顔に戻る。

「あの娘《こ》たちも、根っこはこんがらがっている。心に死が巣くっているの。杏子は適応障害。見知らぬ人の前ではひどくどもる。さっきは彼女にしては上出来よ」

僕は杏子の鳥の巣頭を思い浮かべる。人と向き合うと、髪の毛の迷路に、思考と言葉が紛れこんでしまうのだろう。すみれは続けた。

「日菜と千花はリスト・カッター。日菜は中学教師。勤務先の学校が荒れ、新任の日菜に他の先生の鬱憤《うっぷん》まで集中し、いたたまれなくなった。千花は臨床心理士。自分に流れ込む他人の想念に耐えられなくて手首を切る。二人とも仕事から離れると軽快するけど、職場に復帰するとまた繰り返す。でもここではリスカは止まる。それはね、余計なことを考えるヒマがなくなるくらい、あたしが彼らをこき使うからよ」

すみれの話からすると、二人は二十代半ば。つまり僕と同年代だ。

「そして過労死させて願いを叶《かな》えてあげよう、というわけですね」

すみれは大笑いする。

「でも、彼らは死なないよ。ここでは彼らは必要とされているから」

そう言うと、すみれは遠い眼をして続けた。

「あたしは彼らをこき使う。それがあたしの愛の形。彼らは、自分のことだけでいっぱいいっぱい。少しでも傷つけられると、全世界が壊れたかのような錯覚を抱く。リスカは世界のリセットよ。だけどここは違う。やることをやらないとまわりに迷惑がかかるから、しんどくてもやり遂げる」

すみれはいきなり僕の眼の奥から、心の中を覗き込んでくる。

「これが『必要とされる』ということ。そして必要とされる存在であり続けるためには相応のエネルギーが必要で、それは闘争と自己肯定の中からしか生まれてこない。彼らは闘う相手を間違えている。自分自身を攻撃対象に選ぶのは不毛。あたしは彼らの闘争領域を設定し直し、耳元で囁《ささや》く。あたしにはあなたの力が必要なの、と」

すみれはパソコンを起動する。それから僕に向かって言う。

「彼らは患者であると同時にあたしの部下。わが『すみれ・エンタープライズ』の社員なのよ」

クリック音と共に、ホームページが立ち上がる。『すみれ・エンタープライズ』のタイトル文字は、すみれの花のコラージュだ。

「杏子は本当に困った娘。いくら言っても、少女趣味を止《や》めてくれない。柄じゃないって言っても聞きやしない。女っぽくないあたしへのあてつけかしら」

碧翠院の本体は、有限会社『すみれ・エンタープライズ』だったわけか。道理でいくら捜しても碧翠院のウェブページが見つからないわけだ。会社概要にはこうある。入院時に患者と雇用契約を交わし、社員に雇用保険や生命保険をかける。終末期患者は除外。社員は分業し、報酬は院内流通ポイントで支払われる。報酬と院内経費を相殺するので、収入を表面に出さずに会計処理できそうだ。意地悪な見方をすれば、患者の余剰労働力の搾取だ。ただし病院も税金等を支払うだろうから、一概に搾取とは言い切れなさそうだが。見る角度で様変わりする碧翠院は、まるで螺鈿《らでん》細工のようだ。

『すみれ・エンタープライズ』の主要商品が螺鈿細工ということは象徴的だ。夜光貝を砕きモザイク状に貼りつける螺鈿の原料は週に一度、碧翠院の南端の砂浜を散歩して拾い集める。作製された螺鈿細工は電脳班がネット販売する。

「螺鈿のペンダントをお守りにしたいという注文が増えて、最近ちょっと景気がいいの」

すみれの胸元には、黒い十字架が揺れている。それも螺鈿なのだろう。

「その十字架は誰のデザインですか？」

「ふふ、秘密」

すみれははぐらかす。

「おいくらですか？」

すみれは商品情報をスクロールした。最後に十字架が姿を現した。値段はつけられていない。すみれは意味ありげに笑い、話を変える。

「『すみれ・エンタープライズ』の運営目的は治療費の捻出《ねんしゅつ》。修道院と同じ趣旨なの。普通、社員がこれだけ病気になれば、保険財政はパンクするけど、ここでは問題はない。自分の脚を食べて生き延びるタコみたいな会社だから。システムが個人を搾取するように設計されるのが普通だけど、ここでは逆で、組織は個人がむさぼるために存在しているの」

僕の怪訝《けげん》そうな表情を見て取ったのか、すみれは続ける。

「天馬君みたいに、病人でないのにボランティアをやろうというような、奇特な人は初めてよ。ウェブページ募集からの応募者も初めて。担当の杏子の評価をアップしないとね」

その僕も、潜入捜査のために無理矢理応募させられたのだから、実はウェブページの求人広告の実用性はゼロであることが、誇らしげなすみれの言葉によって逆に判明してしまう。僕は真実をすみれに告げたくてうずうずした。

『すみれ・エンタープライズ』の経営は相当危うい。たとえ螺鈿の首飾り一万円也《なり》がバカ売れしても、また、労働力が無償だとしても、それだけで社員五人を養っていけるとは思えない。僕は疑問を率直にぶつけてみた。

「これでは赤字必至だと思いますけど」

すみれはにっと笑う。

「それをアカにさせないのがあたしの才覚。バックには本院が控えているから、ぎりぎりまで病人に労働させられるのも大きいのよ」

「小百合先生も本院の患者さんに同じことをさせている、と言ってました。医療費削減分を黒字とカウントすればペイするんですかね」

すみれは酸っぱそうな表情をする。

「それができるのは碧翠院の患者だけ。本院に雇用システムはない。末期患者は雇用できないし、保険にも入れないの。桜宮病院を支えているのは、実は碧翠院なのよ」

「今のお話では、個人よりシステム維持を優先させているようにも聞こえますが、先ほどのお話と矛盾しませんか？」

すみれは手をひらひらとさせ、答える。

「天馬君って天真爛漫《てんしんらんまん》ね。青臭いことを言っても嫌味にならないところは人徳かしら。危うくベビーフェイスにダマされるところだった。そこまで言うなら特別に教えてあげる」

すみれは小さく息を吸い込むと、早口で高度な概念を僕に一気に流し込んだ。

「システムというものは別次元の生命体。個人はシステムの構成要素だから、システムを守るために身を挺《てい》する人が現れる。ならばその考え方を裏返して、個人が組織を搾取してもいいはずよ。その時には寄生虫的転移《パラサイト・トランスロケーション》というパラダイム・シフトが必要になるんだけど。どのみち個人のモラルでシステムを判断すると、おかしなことになってしまうのよ。だってそのふたつはもともと次元が違うんだから」

僕には、理解を超えた話と出会うと逃げ出すクセがある。僕は話題を変え、さりげなく一番気になっていることを尋ねた。

「さっき、日菜さんって方、泣いてましたけど、どうされたんですか？」

全然さりげなくなかったようだ。上機嫌だったすみれの顔が曇る。「ノーコメント」

「お別れみたいでしたが、退院されるんですか？」

すみれは取り繕うような笑顔になる。

「まあ、そんなようなものね。桜宮への転院が決まっただけよ」

「どこかお悪いんですか？」

「若い女性のプライバシーを覗き見するなんて悪趣味よ」

突然ぴしゃりと扉を閉ざす。さっきはリスカだってこぼしたくせに。それ以上プライバシーに関わる問題なんてあるのだろうか？

違和感を覚えたが、すみれがこの話題を切り上げたがっているのは明白だ。質問にはこれ以上絶対に答えないわ、という強い意志を感じる。仕方なく僕は質問の色を変える。

「そういえば昨日、桜宮病院で、滅茶苦茶元気な三人のお婆さんたちと会いましたけど、あの人たちも碧翠院にいたんですか？」

すみれの顔が、ぱあっと明るくなる。

「三婆のことね？　元気だった？」

「元気なんてもんじゃありませんよ」

展開されたどたばた三色西遊記を心で再現して、僕は答える。すみれは言う。

「あのTシャツはウチの商品なのよ。体調に合わせて色を変えるというコンセプト。それなのにあの三人、自分たちのテーマ・カラーと勝手に解釈している。ルールに刃向かう問題児を姉貴はもてあまし、親玉の美智を碧翠院に逆送したら残り二人もついてきた」

そう言うと、すみれはくすり、と思い出し笑いを浮かべた。

「ここに来てからも三人で暴風雨みたいに喋《しゃべ》りまくるから、困り果ててしまってね。三人の三原色を眺めていて思いついたのが、早口言葉の滑舌訓練よ。赤巻紙、青巻紙、黄巻紙の赤はね、みたいに接頭辞をつけて喋る規則にしたら喋り出しに時間がかかるようになって、ようやく普通の世界に復帰できたの」

孫悟空、沙悟浄、猪八戒、ていうのもアリだと思うんですけど。僕は心の中で呟《つぶや》く。すみれは続ける。

「先月、三人を本院の方にお返しした時は淋《さび》しかった。もうちょっと、手元に置いておきたかったかな。患者移動の決定権はハナの専権事項だから仕方ないんだけど」

「ハナって誰です？」

僕の質問に、すみれはああ、そうか、と我に返ったような表情をした。

「ハナ大先生。桜宮華緒《さくらのみやはなお》。中華丼の華に、へその緒の緒と書いてハナオと読む。碧翠院の院長にして、あたしたちのマミー」

体調を崩している、という小百合の言葉を思い出した。僕は尋ねた。

「あの、すみれ先生はお医者さん、でしたよね？」

「まあ、素敵なご質問。ひょっとして、天馬君って天然？」

僕は首を傾げる。意味がわからない。すみれは続ける。

「ま、いっか。ご指摘の通り、あたしは神経内科専門医。で、碧翠院の副院長。週一日、東城大学医学部付属病院で研修している。二ヶ月前から週二日に増やしたけどね」

そう言うと、すみれは僕の眼をじっと見た。

「状態が悪化した患者は呼吸器内科の姉貴が診る。心療内科的カウンセリングはあたしの守備範囲。身体は姉貴、心はあたしの領分。あたしたちはこうやって助け合ってきた」

「一卵性双生児ですから、お二人の息がぴったりなんですね」

僕の何気ない相づちに、すみれは尖《とが》った声で答える。

「小百合が言ったのね。一卵性か二卵性かは、遺伝子解析しなければ、正確にはわからないのよ」

小百合に対する反発心でもあるのだろうか。僕は紅茶を飲み干し、話題を変えた。

「病院では、終末期の患者も働いているようですが、彼らもボランティアですか？　それでは桜宮病院は患者を搾取していることになりませんか？　患者から文句は出ませんか？」

すみれは立て続けの僕の質問に呆《あき》れたように、僕を見た。

「まあ、こんな不躾《ぶしつけ》な質問は久しぶり。青臭い正論を臆面《おくめん》もなく主張するタイプってどこにでもいるけど、それが妙にしっくりするから始末に負えない。でもせっかくだからお答えしようかしら。はじめの質問。終末期の人にもボランティアはお願いしているわ」

「ケアされるべき病人にボランティアをさせているんですか？」

すみれは即座に言い返す。

「今の発言は、終末期患者に対する差別と偏見だわ。彼らだって生きている。他人《ひと》の役に立ちたいと思う気持ちは健康な人と変わらない」

僕は一撃で轟沈《ごうちん》した。すみれは淡々と続ける。

「次の質問。こんなやり方をして文句を言われないか、だったわね。まず事実。直接あたしのところに苦情や抗議がきたことは一度もなし。あたしが顔出ししない集まりでぼろくそに言われていると教えてくれる人はいるけど、真偽は未確認。案外教えてくれた当人が、実は悪口を言いふらしている張本人だったりして」

すみれは、首を傾げて、続ける。

「ここだけは理解しておいてもらいたいの。患者は病気にかかった人間であって、病人として扱うことによってはじめて病人になる。ベッドに縛りつければ悪化する。桜宮の終末期患者の平均存命期間は他施設の二倍よ。あたしは患者をこき使い、命を延ばす。これも医療のひとつの形だとあたしは考えてる」

面接を終えたすみれは、僕を車まで送ってくれた。

「本当なら、今日からボランティア活動をしてもらうつもりだったんだけど、ごめんね。明日からばりばりやってもらうからさ」

「お気になさらないで下さい。僕の方は全然気にしませんから」

僕は本音で答えた。すみれは言う。

「どうせなら、住み込みパターンのボランティアにすればいいのに」

僕は笑ってごまかした。泊まり込みのボランティアなんて誰がするか。すみれの言葉には感動はしたが、共感と実行は別物だ。

僕は庭に眼を転じて、言う。

「紫陽花がみごとですね」

すみれは、突然遠い世界に連れて行かれた、みたいな表情をした。

「紫陽花はハナのお気に入り。七色変化。ハナにそっくりよ」

すみれは片手をあげて、車の僕に挨拶《あいさつ》を送る。バックミラー越しに小さくなっていくすみれが、碧翠院に戻っていく後ろ姿を、視界の片隅で追いかける。英語をわめきたてるラジオを遮断すると、静寂が車内に広がった。

僕は改めて、すみれの言葉を嚙《か》みしめる。

——あたしにはあなたの力が必要なの。

医療法人碧翠院桜宮病院。通称でんでん虫は、その全貌《ぜんぼう》を現しつつあったが、この時点で僕が理解したのはその半分。裏に蠢《うごめ》くもうひとつの素顔には全く気づいていなかった。

バックミラーの中、碧翠院は緑色の輝点に小さく収束していった。


「どうやらウワサは本当だったみたいね」

僕の途中経過報告を聞きながら、葉子は呟いた。どういうウワサ？　と僕が質問すると、葉子は答えた。

「碧翠院の女社長を取材すると洗脳されてしまう、というウワサ。大吉クンはまるで、熱病にかかったみたいな報告ぶりだったわよ」

葉子が僕のことを大吉クンと呼ぶ時は、すこぶるご機嫌ナナメの時だ。

「言いがかりはやめて欲しいな。それよりこのあと僕はどう動けばいいんだ？」

葉子は一瞬むっとしたが、すぐ冷静さを取り戻す。さすが幹部候補生だけのことはある。

「ボランティア活動にいそしみながら、情報収集するべきね。表立って立花さんの捜索はできないでしょうけど、それとなく調べてみて。厚生労働省の依頼は、ボランティアで動いているうちに自然とわかるでしょう。まずは額に汗して借金返済に努めてね」

てきぱきと僕に指図をしながら、葉子はキーボードを叩《たた》き始める。検索、クリック、紫色のウェブページ、すみれ・エンタープライズ。

「ふうん、これか。センスは悪くないわ」

小部屋にジャンプ。

「文箱は綺麗《きれい》。でも高過ぎる。こんな値段で本当に売れるのかしら……」

スクロールダウンし、詳細情報を読みとっていく。情報確認というよりはウインドウ・ショッピングを楽しんでいる風情だ。やがて例の十字架にたどり着く。

「このクロス、素敵だけど、値段がついてないのね……あら？」

はずみでクロスの写真をクリックすると、真っ黒な画面がしみ出してきた。銀線がうねり、銀文字を構築。『レディ・リリィの小部屋』

銀文字がフェイドアウトしていく。代わりに開いたボックスが問いかける。『あなたは十八歳以上ですか？』葉子は少しためらい、「はい」の文字をクリックする。『ログインしますか？』「はい」『パスワードを打ち込んで下さい』

画面に出現した通告を黙って見つめていた葉子は、突然、ものすごい勢いでランダムに単語を打ち込み始める。レディ、リリィ、サユリ、スミレ、イワオ、ハナオ、ハナ、サクラノミヤ、ミドリ、ヘキスイイン。その間わずか数十秒。画面は葉子を拒絶し続けた。しばらく画面を見つめていたが、思いついたように『ラデン』と打ち込む。拒絶。

葉子は諦《あきら》めたように呟く。

「登録前にパスワードが必要だから、クローズド・サークルね。だとしたらキーワードは、象徴的な単語のはず」

真っ黒な画面を眺めていた葉子は、ふと目をつむると、低い声でゆるやかな旋律を口ずさみ始める。

桜宮は花盛り、青いすみれに白百合の花……

唄《うた》い終えると葉子はゆっくりと眼を開けて、僕に言う。

「パスワード候補の単語を並べていたら、小学校の頃に流行《はや》った唄を思い出した。覚えてる？　みんな口ずさんでいたわらべ唄。あれって桜宮病院のことじゃないかなあ」

聞き覚えがある旋律。ひっくり返って見た空。身体のあちこちの痛み。隣に、殴ったのと同じ数殴り返してきたヤツが寝転がっている。踏みしだかれた雑草の強い香りが漂う。その足元を通り過ぎていった女の子のハミング。あれは葉子だったのだろうか？

「ついでがあったら、ちょっとそれも調べてみてくれるかな。そのデータを基にして、明日の夕方、もう一度検討しましょう。実はこの件で、天馬君に会わせたい人がいるから明日、アレンジしておくわ」

葉子の通告を聞きながら、もうひとつ、時制の異なる疑問が僕の胸をよぎる。

それにしてもなぜ、レディ・リリィなのだろう。バイオレットでなくて。

八章　アンラッキー・トルネード

六月十七日　水曜日　雨　午前十時

　僕はツイていない男だ。それは間違いなく、自分につけられた臆面もない名前のせいだ。天馬という、ただでさえお目出度《めでた》い名字の下に、両親はさらに欲張って大吉という名前をぶら下げた。天馬大吉、まことに天晴《あっぱ》れ。でも高い理想を掲げられ、僕の気分はいつでも曇り空だった。おまけに両親は交通事故で僕が小学校二年の夏、二人揃ってあの世に旅立ってしまった。一体、どこが大吉なのだろう。無責任にもほどがある。

　名前に合った性格だったらよかった。逆に名前の方を性格に合わせたっていい。たとえば「勉・ツトム」とか、「忍・シノブ」とか。よりによって「大吉・ダイキチ」だなんて、個人の努力では如何《いかん》ともしがたい。そして自分の運命と名前に八つ当たりしたくなった時には、すでに両親はこの世にいなかった。

　言葉は生き方を規定する。プラス思考は幸運を、マイナス思考は不運を招く。それは真実。だが物事には必ず裏や影が存在する。ネガ・フィルムのように、言葉の意味と逆にヒトを縛る言葉もある。「なれかし」ではなく「ならざれかし」という、陰転した言葉による呪《しゅ》。僕はその実存だ。絶対的な不運の持ち主の名前が大吉。笑うしかない。

たとえば年に一度の洗車をした日の午後に土砂降りの雨。たとえば目の前で閉まる電車の扉。たとえば寝坊をした日の抜き打ちテスト。ここまでは誰でも遭遇する日常の小悲劇。僕の場合は、そこから本番だ。小さな不運がふくれあがっていく。葉子曰《いわ》く、アンラッキー・トルネード。葉子は、コピーライターとしても一本立ちできる。

年に一度の洗車の日、土砂降りになる。頭に来てタイヤを蹴《け》ったら、一緒に小石を蹴り飛ばしてしまい、それが車にぶつかり傷がつく。さらに、跳ね返った小石は通りかかった特殊業界の人にぶつかって、その十分後、僕は濡《ぬ》れタオルを頬に当てている。

電車の扉が閉まる。無理矢理駆け込もうとして手を伸ばし、指を挟まれる。駅員の死角だったために、そのまま発車、ひきずられた僕はホームを走る。指をひっこ抜くと、反動で転ぶ。そこにたまたまアンティークの硝子壺《ガラスつぼ》のケースを抱えた営業が通りかかり、ぶつかって一緒にひっくりかえる。壺は砕け、僕は弁償する羽目になる。電車の扉が閉まっただけで十万円の借金を負う人間が、世の中に、そうたくさんいるとは思えない。

抜き打ちテストに寝坊した時は、確か……よそう。キリがない。

しみったれた不幸だと思うかもしれない。でも僕の身になってみてほしい。不運にあった時、その後必ず増大する不幸に襲われるという約束があることはどれほど憂鬱《ゆううつ》なことか。質《タチ》の悪いことに、不運の連鎖の始まりは、いつもたいてい幸運の訪れに見える。その分、不幸の滝壺の落差を深く感じることになる。

年に一度の洗車をしたのは、葉子と初デートにこぎつけたから。そのデートは、待ち合わせ場所にへこんだ車で乗りつけた僕を葉子がひと目みた瞬間、終わった。

「大吉クン、今日は部屋で寝ていた方がいいと思う」

医学部に入ってから二度目の春だった。僕は、打撲による腫脹《しゅちょう》は受傷当日よりも翌日の方が顕著に出現することもある、という医学知識を身をもって会得した。前日から続いた土砂降りは一日中降り続き、僕の憂鬱な気持ちに拍車をかけた。

硝子壺を割った時は、ハンコをつけばその場で十万円もらえるという割のいいバイトをフイにした挙げ句、十万円の借金を背負わされた。その時も葉子は偶然隣にいて、途方に暮れた営業の人をさしおいて、弁償すべきだと強く主張した。僕は弁済のためのバイトに精を出し、単位を一つ落とした。思えばあれが僕の留年生活の始まりだった。

思い返すと、僕の不運が雪だるま式に膨れ上がっていく時、そこにはいつも葉子がいた。『レッツ・カジノ』取材の時だって、珍しく三万円の大枚を経費として大盤振る舞いし僕を地下カジノに潜入させた。負け続けた僕はアツくなり、たちまち取材費を吐き出した。高利のカラス金に手を出し、借金総額金百万円ナリ。翌日、僕はすり減った両親の遺産の水位を一段と下げ借金を一括返済した。挙げ句の果てに、僕の潜入レポートは血塗《ちまみ》れで絶息させられ、代わりに葉子のリライト版が社長賞に輝いた。金一封を手にした葉子は、僕を牛丼屋に誘った。

「お代わり自由、遠慮しないで召し上がれ。これはささやかな感謝の気持ち。天馬君の担当回は大好評で、社長賞の決め手だったの。博打《ばくち》で身を持ち崩していく小市民の心情がリアルだったんだって」

やけになって百万円相当の牛丼を掻《か》き込んでいる僕を見ながら言う。

「手直しして、ごめんね。でも、この程度の小博打でドストエフスキーまで引っぱり出してくるのは、大袈裟《おおげさ》過ぎるわ」

にっこり笑って僕の引用癖を一刀両断。自暴自棄で数杯の牛丼を詰め込んだ僕は、それからしばらく、オレンジ色の看板を見ただけで胸焼けに襲われた。

同級生は、そんなお目出度い僕を〝とんま大吉〟と呼んでいた。留年を繰り返し、いつしか東城大学医学部のヌシに成り上がってからは、とんと聞かなくなったのだが。

六月十七日、水曜日。霧雨が降っている。桜宮病院ボランティアの三日目。初日はカウントすべきではないという意見もあるということは、重々承知しているが、横着者の僕としては、年季明けのために役立つのなら何だってする。

今朝から本格的にボランティア開始ということで、僕はすみれに連れられて本館、桜宮病院の病棟に紹介された。その時、ものついでに言ったすみれの一言が、僕を悲劇的状況にたたきこむことになろうとは、お釈迦《しゃか》さまでも予想しなかったに違いない。

興味津々、僕を見つめている三婆西遊記トリオに向かって、すみれはこう言ったのだ。

「みっちゃん、加代ちゃん、トクさん。天馬君を指導してあげてね」

窓の外の風景を眺めていた僕の背後で、声が響く。

「こら、天馬、何をぼんやりしておる」

振り返ると、赤い孫悟空が腰に手を当て、仁王立ちしていた。その背後から青の沙悟浄と黄色の猪八戒が顔を覗《のぞ》かせる。三婆西遊記トリオの揃い踏みだ。

「シーツ交換は済んだか？」「ジャガイモの皮むきが途中だぞ」「ホールのお掃除の時間はとっくに過ぎているわよ」「若いのに、トロいヤツだな」「あら、ダメよ、そんなこと言っては」「そうだそうだ、オレたちがきっちり指導してやらなければいかん」

赤巻紙・青巻紙・赤巻紙・黄巻紙・青巻紙・黄巻紙・赤巻紙……怒濤《どとう》の滑舌特訓のように、僕に対する「指導」は続く。これが指導でなく、仕事の押しつけに見えてしまうのは、馴《な》れない労働のせいで僕の心が少々荒《すさ》んでしまっているからに違いない。

僕は心の中で問いかける。お前さんたち、本当に末期なの？

「いい加減にしなさい。ボランティアだからって、天馬さんをこき使うにもほどがあるわ」

背後の涼しい声により、喧噪《けんそう》が終焉《しゅうえん》する。振りむくと小百合が立っていた。

「あかん、見つかった」「しまった」「あと五分で指導は終わるのに」「小百合のマジは怖いぞ。撤退じゃ」「撤退ね」「薔薇《ばら》の告げ口をされたら大変じゃ。異議なし。撤退じゃ」

三色鬼は蜘蛛《くも》の子を散らすように部屋の隅に逃げ込む。その様子を目の隅で睨《にら》みつつ、小百合は僕に笑いかける。

「ごめんなさい。みんな勝手なことばっかり言って。ところで、二階の床のモップがけをお願いしたいのだけれど」

さすが、三蔵法師。この流れの中でこの依頼。何という豪胆さだろう。

モップを片手に、二階に向かった僕は、階段で若い看護師とすれ違う。思わず見とれてしまったのは、彼女がすごい美人だったから、とか、好みのタイプだったから、というわけではなく、単にこの病院で若い看護師に出会ったのが初めてだったからだ。ちらりと盗み見ると、スタイルはそこそこよさそうだし、顔立ちも可愛い、といって差し支えなさそうだ。ただ、どうしても気になることが、ひとつあった。

その看護師はでかかった。身長は僕と同じくらいだろうか。印象を正確に表現すれば、背が高いというより、とにかく「でかい」という感じがぴったりくる。動作がぎこちなくて、どこかしら空間からはみ出た感じが僕の表現の根幹を支えていた。

「姫宮《ひめみや》さん、どちらへ？」

小百合が声をかける。看護師は「でかい」身体《なり》に似合わず、おどおどと答える。

「二四号室の患者さんの点滴を取りに行きます」

「やたらにフロアを離れないでちょうだい。あなたは危なっかしいんだから」

姫宮と呼ばれた看護師は、申し訳なさそうに頭を下げた。桃色の眼鏡の奥の切れ長な眼が一瞬、僕を見た。姫宮が階段を下りきるのを見届けてから、小百合は階段を上り出す。

「今の娘は勤めて三ヶ月だけど、よくドジるの。頭は悪くなさそうなんですけど」


五分後。僕は階段の踊り場にいた。昔から、掃除当番はサボるもの、と決めていた。だが一人だとばれてしまう。だから僕はいやいやながらも、モップで床を磨いていった。なぜ、こんなところでこんなことをする羽目になってしまったのだろう……。

答えは簡単、バクチで大負けしたからだ。

踊り場で小休止していると、下から看護師が上ってきた。例の「でかい」姫宮だ。注射器《シリンジ》入りのトレーをささげ持っている。大柄な身体には小さなトレーがアンバランスで、そこはかとない不安感をもたらす。桃色の縁の眼鏡。スタイルはいいが、ワンサイズ下の服に自分の身体を無理矢理押し込んでいるような無用な不自然さ。僕は、踊り場で立ち止まり、姫宮の通過を待つことにした。姫宮が会釈して、僕の側を通り過ぎたのを確認してから、階段へ足を一歩踏み出す。その瞬間、視界の隅で姫宮が小さな悲鳴を上げる。でかい身体のバランスが崩れている。僕は反射的に左手で姫宮を受け止めた。ずしりとした手応《ごた》え。視野の隅を注射器が一本転げ落ちていく。スローモーションで足元に落ち、床に着地しつつある僕の右足がそのシリンジを踏み越えるのを見届けた。ぐるん。足下の小回転。重力が消え、風景が回る。ぐん、と天井が遠ざかる。空いていた右手で身体をかばう。着地成功と思ったが、そこに床はなかった。僕は派手な音と共に、踊り場から一階まで転げ落ちた。焼け火箸《ひばし》を突っ込まれたような激痛が右腕に走る。

天井の片隅に、眼を見開き、口に両手を当てた姫宮の顔。ずり落ちそうな桃色眼鏡。

痛みで眼を開けられない。周囲に人の気配がする。僕はストレッチャーに載せられているようだ。右腕の痛みが、心臓の拍動とともに脈打つ。鬱蒼《うっそう》とした森林の気配が僕を覆う。

「派手にやったものだな。少々手荒だが、すぐ済むから我慢しろ」

うっすら眼を開けると、銀髪が揺れていた。次の瞬間、今度は焼け火箸三本分の痛みが走る。短い叫び声を上げ、僕は再び気を失った。

眼を開けると白い天井が見えた。左手には窓、どんよりと雲が垂れ込めた、夕闇の水平線が見えた。右手には白い顔が三つ、並んでいた。小百合、すみれ、そして姫宮だ。

「本当にドジねえ」この声はすみれ。その声を聞いて、僕は眼を閉じる。

「すみません」

大きい身体を小さく縮め、姫宮が謝る。身体を動かしてみようとするが身動きできない。薄眼を開けると、胸の上に置かれた白い塊が見えた。右手首に包帯がぐるぐる巻き。右脇腹が拍動し、ハッカの匂いが漂う。固定されているのは手首だけ。どうして動けないのかなと思ったら、急に身体のあちこちが打撲の痛みを訴え始める。小百合の声がした。

「姫宮さん、これで一体何度目？」

「本当にすみません」

腕を動かそうとしたら激痛が走った。右腕を骨折したようだ。

微《かす》かにうめき声を上げた僕を三人が一斉に見た。僕は薄眼を閉じ、狸寝入りをきめ込んだ。僕が寝たままだ、と認識したすみれが、口を開く。

「やっちゃったことは仕方ないじゃない。それより姫宮ちゃんを天馬君の担当看護師にして責任をとらせればいいでしょ」

「私は別に構わないけど、あんただって知ってるでしょ、姫宮さんのトラブルって、いつも必ずどんどん大きくなるんだから。天馬さんを殺すつもり？」

会話から推測すると、姫宮には『失敗《ミス》ドミノ倒し』とでも名づけるべき特質があって、どうも僕の『アンラッキー・トルネード』とは妙に親和性が高そうだ。嫌な予感がする。

「偶然でしょ。どっちにしても今、受け持ちがいないのは姫宮ちゃんだけなんだし仕方ないわよ。姫宮ちゃんもその方がいいでしょ？」

姫宮は小さくうなずく。小百合は諦《あきら》めたように呟《つぶや》く。

「あんたは知らないのよ。どうなっても知らないから。そこまで言うなら、あんたが天馬さんを受け持ってね」

僕の担当は事件の首謀者・姫宮に決定した、らしい。とりあえず居場所を確保した安心感で、僕は再びうつらうつらしてしまう。

しばらくして眼を開けると、窓の外は夜だった。微かな潮騒と驟雨《しゅうう》の音が混じり合う。白いカーテンで覆われた窓は、隙間なく闇と雨粒に塗りつぶされていた。右手には白い顔に桃色眼鏡。目を覚ました僕に気づいて、姫宮は言う。

「すみませんでした」

「何度も謝らなくていいよ。悪気があったわけじゃないし、僕も不注意だったんだ」

「私がちゃんとしていれば、こんなことには……。本当にすみません。その代わり、きちんとお世話させていただきます」

「その気持ちだけで充分だよ。ところで怪我はどんな具合なの？」

足元から別の声がした。

「右尺骨《しゃっこつ》骨折は全治三週間、右側腹部打撲で全治三日というところね」

すみれの声だ。頭を持ち上げようとすると腹筋が痛んだ。視野の片隅のすみれは、腕を組んで僕を見下ろしていた。眼が合うとにっこり笑う。

「よかったね、姫宮ちゃん。天馬君は許してくれるって」

「何で、すみれ先生がここにいるんですか」

「天馬君を温かく見守り続けた健気《けなげ》なすみれさんに対して、いきなり『何で』とはあんまりな仕打ちだわ。天馬君が姫宮の弱みにつけこんでワルさをしないよう、ずっと見張っていたのにさ」

それは、僕のためではなく姫宮のためなのでは？　すみれはつけ足した。

「姉貴がふてくされたから、あたしが天馬君の受け持ち医になったの」

「小百合先生を怒らせせちゃったのかなあ？」

すみれは笑い、双子の片割れの感情をあっさり切り捨てる。

「気にしなくてもいいわ。姉貴の神経に障《さわ》らないように喋《しゃべ》るのは素人にはムリ。どこに地雷が埋まっているか、あたしにもわからない。それにしても天馬君も災難だったわね」

「本当にすみません」

でかい図体で卑屈に謝罪され続けるとイライラが募る。すみれは首を横に振る。

「そのことじゃなくて、その程度の怪我だったということがね」

怪我の程度がひどくないのが災難？　何を言っているのだろう？

「もう少し派手な怪我なら、父も自分ひとりで何とかしようなんて思わなかったわ。軍医経験があって、何でもこなせるから自信家で、その上乱暴者。父の医療基準は南方戦線のジャングル病院だから仕方ないの。無麻酔下整復なんて、今は誰もやらないわ」

激烈な痛みをまざまざと思い出す。

「十五歳で出征して、戦争末期で大混乱の戦場で軍医デビューだから、自信の塊にもなるわよね。ここが末期患者専門病院になっちゃって、外科医としては久しぶりの出番だったから、つい張り切っちゃったのね」

僕が相当青ざめた顔をしていたのだろう。すみれはあわててつけ加えた。

「あ、でも腕はぼっちり。少し乱暴なだけだから」

ちっとも慰めにならないけどもう済んだこと。諦めがいいのが、僕の取り柄だ。

「ご家族に連絡しないとね。お家《うち》の電話番号を教えていただけないかしら」

「家族はいません。両親は小学二年の時、交通事故で亡くなりました」

すみれは僕をまじまじと見つめた。取り繕うようにつけ足す。

「親戚《しんせき》の方でもいいんだけど」

「血縁者もいません。僕を育ててくれた祖母は三年前他界しました」

「悪いこと聞いたわね」

「いえ、別に。昔の話ですから」

「大変だったのね」

「祖父が弁護士だったので、両親の事故の賠償交渉をきっちりやってくれました。おかげで今も金銭的にはそこそこ困らずに済んでいます」

「つまり天馬君は天涯孤独で小金持ちの素浪人、てわけね。それでこんな甘ったれになっちゃったのか」

すみれの言葉は乱暴なようで、そこはかとない愛嬌《あいきょう》が漂う。

「入院はどのくらい必要ですか？」

「全治三週間だけど入院は必要ないわ。でもせっかくだから二、三日泊まっていく？」

三週間と言えば、前期試験にモロにかかる。もう留年できない崖《がけ》っぷちだから、非常にまずい。金銭問題も大きい。今し方、すみれに小金持ちと評された僕の資産は、日々の怠惰な生活を支えるため目減りし続けている。だから、結城に対する百万円の負債は大問題なんだけど。そんなわけで、入院勧告を断ろうとしていた僕の表情を読みとったのか、すみれはつけ加えた。

「もちろん入院費用は全額当院持ち。当院職員の不手際が原因ですから」

無料。つまりタダ。その一言に、瞬時に意志を百八十度反転させて、僕はうなずいた。

示談成立といいながらすみれは、謝罪し続ける姫宮を僕の部屋から押し出した。

「それじゃあ天馬君、いい夢を。グッナイ」

部屋は暗闇に包まれる。遠く潮騒。次第に小さくなる雨音。僕のまわりが海でいっぱいになった頃、僕は眠りに落ちた。

こうして僕のボランティア専任歴は実質的には、ほぼ半日で終焉《しゅうえん》を迎え、患者としての履歴が新たにスタートした。これで性に合わないボランティアから解放される、と僕はほっとしていた。だが、それは大きな心得違いだった。

僕はすっかり忘れていたのだ。桜宮病院では患者もボランティアをさせられる、ということを。

九章　桃色眼鏡の水仙

六月十八日　木曜日　快晴　午前七時

「おはようございます」

小さな声。眼を開くと、晴れ渡った朝の光の中で姫宮が食事の支度をしていた。

「昨日は本当にすみませんでした」

「姫宮さん。ひとつ頼みがあるんだけど」

「何でしょうか？」

「もう充分だから、謝るのは終わりにして欲しいんだ」

姫宮は、緑の尖《とが》った桃色眼鏡の奥で、眼を瞠《みは》る。

「しつこかったでしょうか？　気がつかなくてすみません」

「ほら、また」

姫宮ははっとして眼を見開く。「本当。すみませ……」

言いかけて、さすがに気づき、あわてて言葉を止める。

僕は吹き出した。姫宮は居心地悪そうにうつむいた。

姫宮は食事のセッティングを始めた。ご飯、みそ汁、肉ジャガ、キャベツの炒《いた》め物。トレーの上にパーツをおそるおそる置いていく。姫宮は単純作業に普通の人の二倍の時間を必要とするタイプのようだ。配膳《はいぜん》のジグソーパズルが完成したのを見届けて、僕は尋ねる。

「今日の予定は？」

うつむき加減の姫宮は、湖水に自分の影を映す水仙のよう。僕の言葉が投げかけた波紋に、姿が揺らぐ。

「あ、はい。食事を終えたら、診断棟で右手首レントゲン撮影と全身CT撮影です。その後病室で、アナムネをとります」

「アナムネって？」

僕が尋ねると、姫宮は眼を瞠り、いきなり自分の頰をぺちっと叩《たた》いた。

「あ、いけない。素人さん相手には、嚙《か》み砕かなきゃ。専門用語はわかりにくいですものね。天馬さんのお身体の調子やご家族のこととか、もろもろをお聞きする調査なんです」

姫宮のアンバランスで、ぎくしゃくした言葉遣いにバランスを崩されて、僕は一瞬呆然《ぼうぜん》としてしまう。

「……わかりました」

こう見えても一応医学生だぞ、という言葉を吞《の》み込む。こういうタイプに変に過大評価されても後が面倒だ。それにしても嚙み砕かなきゃなんて、離乳食じゃないんだから。何だか見下されたみたいで釈然としない。

僕が箸《はし》を取り上げ、食事を始めようとしたら、姫宮はもじもじし始めた。

「どうしたの」

僕の問いかけに、姫宮は顔を赤らめて言う。

「あのう、お食事の介助をさせていただこうかと思っていたのですが……」

右手の包帯を見つめた。ああ、そうか。僕は左手に持った箸を、姫宮に向けて見せた。

「心配しなくても大丈夫。実は僕、左利きなんだ」

「そうですか。でも片手だと不自由でしょうから、遠慮なさらないで下さい」

「ありがとう。せっかくだけど、時間だけはたっぷりあるから自分でやるよ」

姫宮の介助の申し出を、僕は頑として断り続けた。右腕と右脇腹を除いたら完璧《かんぺき》な健康体。その上タダメシ喰《ぐ》らいだ。この程度で看護師さんの手を煩わせるのは申し訳ない、という意固地な気持ちでいっぱいだった。

姫宮は食事の支度を終えると、後ろ髪引かれる風情《ふぜい》で部屋を後にした。食事を始めた時になってようやく僕は、滅多にない機会だから介助してもらえばよかったと気がつく。せっかく疑似恋人気分を味わう絶好の機会だったのに。

はい、あーんして。美味《おい》しい？　こっくりとうなずく僕。よかった。今朝、早起きして作ったの。……飛び出す絵本のように、瞬間的に展開したリアルな妄想。

僕は、ツイていないのではない。ツキの風に背を向けて生きてきただけだ。僕はいつもこうなんだ。トンマでお目出度《めでた》い男、天馬大吉。はは。

ハーレムを失った後悔を抱きながら食べる食事は、さぞや味気ないことだろう。

くよくよしながら食事を口にした僕は呟《つぶや》いた。

……ばあちゃんの味だ。

肉ジャガを嚙みしめる。臨終の床で、すぐ肉ジャガ作るから、と、うわごとで繰り返し約束した祖母。今になって最後の約束を果たしてくれたのだろうか。

しばらくして、下膳《げぜん》のために顔を出したのは、黄巻紙の猪八戒、トクだった。

「朝食は旨《うま》かったか？」

僕がうなずくと、トクは嬉《うれ》しそうに笑う。

「肉ジャガはワシが作ったんだ」

「あ、そうなんだ。ばあちゃんの味を思い出したよ」

僕は答えた。トクはいよいよ嬉しそうだ。

「そりゃよかった。天馬は他にはどんなもんが好きなんじゃ？」

「里芋の煮転がし、かな」

トクは得意気に鼻をひくひくさせる。

「天馬よ、ついとるの。ワシの次の当番の献立はなんと、里芋の煮転がしじゃ。一週間後だから楽しみにしちゃれ」

「楽しみだけど、ちょっと無理かな」

「食べたくないんか？」

「いや、そういうことじゃなくて入院予定は二、三日だから」

「だったらぐずぐずいわずに、一週間入院すればいいだけじゃ。そうしないと、お前のばあちゃんに言いつけちゃる」

「それは無理だよ。ばあちゃんは三年前に死んだから」

トクはぎくりとした。気を取り直して続ける。

「それなら母ちゃんに言いつけちゃる」

「母ちゃんもいない。ついでに言っておくけど、父ちゃんもいないぞ。小学生の時、自動車事故で一緒に死んだ。だから僕には家族は一人もいない」

振り上げた拳《こぶし》の下ろし所がなくなって、トクは戸惑う。それ以上に、自分の軽口が僕の暗い過去を呼び覚ましてしまったことを申し訳なく思っていることが、ひしひしと伝わってくる。トクの後ろめたい気持ちが気の毒で、僕は話題を変える。

「トクさんには、お孫さんはいないの?」

トクはじろりと僕を睨《にら》む。

「悪かったな。どうせワシは結婚しとらん。生涯、独り身じゃ」

地雷を踏んだ。どうも僕たちの相性はよくなさそうだ。トクの指に指輪がないことをちらりと盗み見て、確認する。

「来週のトクさんの当番の給食は、食べられるように努力するよ」

それってどういう努力だろう、と心の中で自分にツッコミを入れてみる。

「お前なんぞとっとと退院しちまえ。ワシはもうじきお前の家族のところへ行く。その時に言いつけといちゃるから覚悟しとけ」

プイっと横を向いて、空になったお膳を運ぶ。これがトク流の謝り方なのだろう。

その横顔が一瞬、頑固だった祖母の面影と重なった。

食後の一服。予定では、この後はCTだ。検査ついでに、病院内を少し探検してみるか。少しわくわくしながら準備をしていると、廊下からカラカラと音が聞こえた。

ドアを開けると、車椅子を押した姫宮が立っていた。

え？　付き添い？　おまけに車椅子？　でも、腕の骨折だぜ？

「あのう、腕の骨折なんで、歩いて行ってはダメなんですか？」

「あ、はい。もしも何かあったらいけませんから」

過剰な配慮が気にかかったが、人の好意は素直に受けるものだ、と思い直して、僕は姫宮の申し出を受けることにした。ベッドから降りようとしたら足がふらついた。丸一日寝ていたし、鎮痛剤の影響は残っているし、その上右腕は、包帯による拘束でバランスを崩されている。こうしてみると車椅子対応も過剰ではなく、常識的なのかもしれない。何とか自分を納得させ、車椅子に座る。姫宮が後ろに回ると、僕の肩にそっと手を置いた。

「それじゃあ行きますね」

おそるおそる、姫宮は車椅子を押し始める。配膳の手際といい、車椅子の押し方といい、実に慎重だ。僕は保留していた判断に対し、心の中の確定ボタンを押した。

姫宮は、トロい。


つきあたりにエレベーターの扉が見えた。果てしなく遠い距離。それでも一歩進めば、いつか必ずゴールにたどり着く。ほら、確かこんな格言だってあったはず。

——千里の道も一歩から。

それにしても、たかだかCT検査に、天竺《てんじく》を目指す三蔵法師のような心持ちになってしまうのはなぜだろう。お供が揃い踏みしているせいなのだろうか。

……いや、間違えた。三蔵法師は小百合だった。

エレベーターの扉が近づいてくる。そろそろ到着時刻までのカウント・ダウンを開始してもよさそうだ。だが、そんな油断の隙間に魔がしのびよる。

「こりゃ、姫。何を勝手なことをしてるんじゃ」

この声は孫悟空か。それを確定するには、桜宮病院キャリアの浅い僕にはまだ視認が必要だった。だがそんなことは大して重要ではない。問題は……

その声に姫宮が反応したことだ。それも普段のトロさを思うと見違えるくらい迅速に。

突然スイッチが入った自動人形、姫宮は車椅子ごとぐるんと振り返る。

首だけ回せばコトは済むはず、という常識論は、姫宮人形の行動様式と思考回路には組み込まれていないようだ。エレベーターの扉に向き合うため、方向を変えつつあった最中《さなか》だったのが僕の不運に拍車をかけた。力一杯の遠心力に振り回され、僕は車椅子から振り落とされた。そして一直線に、廊下に置かれた点滴台の横の突き出し棒に頭をぶつける。火花が散り、視界が白くなった。次の瞬間、額から血が噴き出したのが見えた。赤シャツの孫悟空、美智が、「知ーらない」と言いながら、てくてくと去っていくのが見える。噴き出る血を手で押さえようとしたが、自分の手がコントロールできない。おそるおそる見てみると、ひっくり返った拍子に怪我のない左腕を、固定された右腕が押さえ込んでいた。腹這《ば》いで万歳している僕の額からはどくどく流血している。その惨状を姫宮は立ちすくんで見守るばかり。驚いたように口に両手を当てて……。

　視界の片隅で桃色眼鏡がきらりと光った。

　姫宮が小百合から詰問されていた。小柄な小百合が腰に手を当て、大きな姫宮を見上げて叱る。万有引力の法則に反した叱責《しっせき》。

「たかが患者搬送が、どうしてこんなおおごとになるの？」

「すみません、本当にすみません」

　僕は処置室のベッドで横になっていた。額の傷に当てられたガーゼはずくずくだ。出血多量で僕の命は風前の灯火《ともしび》、かなりヤバい。ご家族をお呼び下さいと言われそうだ。もっとも家族はもう誰もいないけど。

　乱暴な足音と共に、処置室のドアが開く。輝ける銀髪が現れる。桜宮巌雄院長の登場。

部屋に入るなり周りを見渡し腕を組む。顔に刻まれた深い皺《しわ》が風雪を感じさせる。深山の屋久杉のような佇《たたず》まいは見る者に敬虔《けいけん》な気持ちを呼び起こす。

巌雄は僕のガーゼをひっぺがす。血がぽたぽた垂れる。僕は力無く尋ねる。

「こんなに出血しちゃって大丈夫ですか？」

「お前はそれでも医学生か。顔面は出血しやすいことくらい、知っているだろ。この程度の傷、大したことはない。ちゃちゃっと縫って、それで終わりだ」

縫合セット、というオーダーに反応した姫宮を、巌雄は制する。

「姫宮、お前はそこにいろ。お前が動くとおおごとになる。小百合、お前が取ってこい」

小百合は姫宮をちらりと見て肩をすくめ、部屋を出ていく。すぐに布の包みを持って戻ってきた。妙にうきうきした巌雄の声がした。

「待ってろよ。今縫ってやるからな」

耳元でかちゃかちゃと金属音がする。微《かす》かに聞こえる巌雄の鼻歌。よりによって軍艦マーチかよ。創傷処置用のワゴン車である包帯交換車、略して包交車が運ばれてくる。ラテックス、とか3—0《サン・ゼロ》絹糸とかいう声はするが、耳を澄ましても、待ち望む単語は聞こえてこない。高まる不安感と緊張感に耐えきれず、おそるおそる巌雄に尋ねた。

「あのう、麻酔は……？」

巌雄は豪快に笑い飛ばす。

「こんな小さな傷に、麻酔など必要はない」

「そんな無茶な」

「無茶？　いいか、へなちょこ医学生、南方戦線では、ワシは迫撃砲で吹っ飛ばされた戦友の腕をツル草で縛り止血した。あの時ワシは齢《よわい》十五歳。戦争末期での学徒動員。当然まだ軍医の資格なぞありゃせん。だが目の前に片腕を飛ばされた人間がいて、その場に桜宮の跡継ぎとして医業をたたき込まれていたワシがいたら、資格や年齢や個人的な逡巡《しゅんじゅん》は障壁にならん。あの瞬間、皆に望まれワシは軍医になった。あれこそ『無茶』という」

巌雄は僕のちゃちな傷を見下ろして、鼻先で笑う。

「それに比べたら何だこんな傷。しかも桜宮で一、二を争う経験豊富な外科医の判断。凜々《りり》しく国のため散った戦友の腕の処置より、ウドの大木のような甘ったれ坊やのすり傷が厚遇される。ありがたさがわかったら麻酔のひとつやふたつでぐだぐだ言うな」

何という不条理な言い草。僕は被害者だぞ、という正当なクレームが喉《のど》まで出かかったが、巌雄の風圧の前に封殺される。

それは、どんなに落ちこぼれだとしても僕は医学生で、未来の医療の担い手の一人で、そうなると巌雄は医学においては大先輩だ、と思い知らされてしまうからだろう。

乱暴な巌雄の消毒のやり方は、おそらく戦友を弔うささやかな嫌がらせ。巌雄の背後に、熱帯の緑濃い密林が広がって見えた。力無く黙り込んだ傷病兵を見て、言い過ぎたと感じたのか、軍医・桜宮巌雄はつけ加える。

「医学生に間違った認識をされると将来に禍根を残すから、素人向けの説明も追加しておこう。この傷に麻酔をしない理由は二つある。麻酔の時も二回針を刺す。つまり無麻酔で針を刺す。この傷は二針。ならば麻酔をしてもしなくても、痛みを感じる回数は同じ。それなら麻酔は避けた方がいい」

そう言うと、巌雄の眼が深い光を湛《たた》えて、僕の顔を覗《のぞ》き込む。

「いいか医学生、麻酔や麻薬に限らず、すべからく薬というものは使わないで済むなら使うな。薬とは役に立つ毒だ。毒であることには変わらない。よく覚えておけ」

僕は巌雄の言葉に圧倒される。理屈はわかるが、一患者として心情的には全く納得できない。だが、僕の承諾の枠外で物事は勝手に進行していく。

「小百合、手伝え」

二人がラテックス製のゴム手袋をはめ、僕の傷に針を刺す。姫宮が両手で口を覆って、眼を大きく見開いているのが、うっすらと見えた。

縫合は痛かった。麻酔なしだから当たり前だ。涙目になる程度で我慢したのはギャラリーが多かったからだ。うめき声に合わせ自分も痛みをこらえるように顔をしかめている姫宮を、視界の片隅で見ていたせいで、僕の痛みは数倍に増幅された。

ドアの向こうから西遊記トリオが処置室を覗き込んでいるのが見えた。ひそひそ話をしては、こちらをちらちら見てくすくす笑う。

かちゃり、と縫合器が膿盆《のうぼん》に置かれた。どうやら縫合は終了したらしい。巌雄は、ゴム手袋を外しながら言う。

「傷は大したことない。怪我の原因は何だ？　そもそもこの若者は何で車椅子に乗っていたんだ？」

「レントゲン室にお連れしようと思って……」

おそるおそる姫宮が答える。

「この程度の怪我で車椅子を使うとは、不届き千万。貴様は一体何様だ？　このクソッタレめ。南方ではな、機銃掃射で右足を吹き飛ばされた我が戦友が……」

「お父さま、怪我をさせたのはうちのスタッフよ。怪我をさせられた挙げ句、お説教までされたら天馬さんだってたまりません」

小百合の言葉をもっともだと思ったらしく、巌雄の説教はぴたりと止まった。

「後でレントゲン室に来い。昨日の整復の確認をする。天馬君は歩いてきたまえ。姫宮に頼らない方が、身のためだとワシは思うぞ」

足早に立ち去りながら巌雄は言った。僕はその言葉に、心から同意した。

十章　屍体《したい》の森

六月十八日　木曜日　快晴　午前十時

地下廊下を急ぎ足で歩く。少し後ろから姫宮がついてくる。慰めるつもりはない。慰めた途端、姫宮の『すみません攻撃』を受けることが予想されたからだ。怒っていないのに謝られるのは鬱陶《うっとう》しい。勢い、そっけない態度になる。すると今度はこの程度で怒って口も利かない偏狭な男に思えてしまい、自分で自分がイヤになる。

何て面倒くさい姫宮。そして何て鬱陶しい僕。

検査室では放射線技師が手際よく、右腕のレントゲン撮影に続き全身のCTを撮ってくれた。CTの筒に入ると添え木で固定された右腕の置き場所が決まらず、いろいろな配置を試した。

その時、指先につるんとした物体が触れた。撮影が終わった後で確かめるとそれは、チープ感が漂うアクリル製のピアスだった。小さな花は深い青。裏返すとA to Zという銀文字が入っている。カクテルの宣伝商品だろうか？　僕が技師に拾得物の申告をすると、年輩の技師は、拾った十円玉を届けてくれた小学生に言うように、あっさり答えた。

「差し上げますよ。ライブのCTは一ヶ月ぶりですが、これまで忘れ物の問い合わせはありませんでしたので、多分この先もきっと引き取り手はいないでしょうから」

　こんなものもらっても、と僕は一瞬途方に暮れる。それでも投げ捨てるのも忍びなくて、僕はピアスをポケットにしまう。僕の部屋には、綺麗《きれい》で小さな落とし物のコレクションがあって、棚に並べられている。良きにつけ悪しきにつけ、こういうものを拾う時、ツキの風が変わる。今回はどっちに転ぶのだろう。

　それにしても『ライブのCT』って変な言い方だ。CT検査はいつだってライブのはず。

　その時、野太い声が僕の思考を遮断した。

「おう、へなちょこ医学生。よく来た。まずはそこに座れ」

　僕はむっとした自分に言い聞かせる。坊やとか、僕ちんと呼ばれるよりは、まだましだ。

　診察室にずけずけ入ってきた巌雄はシャウカステンに写真を並べ、ご満悦だ。

「今撮影した写真だ。うむ、お見事。久しぶりにしては、我ながら大したものだ」

「久しぶりって、この前整復したのはいつですか？」

「確か、すみれがまだ、おねしょをしていた頃だったかな」

　背中に冷や汗が一筋、流れた。すみれはどう見ても、三十代だ。巌雄が豪快に笑う。

「すみれはああ見えて、小学校に上がっても寝小便をしてた。それを小百合になすりつけようとするから大喧嘩《げんか》さ。ま、要は君が考えるほどの昔じゃない、ということだ。それよりり見たまえ、とれたてほやほやの君の腕の写真だ。湯気が立っておる」

骨が二本真っ直ぐ揃っていた。どこが折れているのかわからないし湯気なんか見えないと言うと、巌雄は笑う。巌雄が指さす先に、線が白く細く骨を横断していた。

「これが骨折線だ。よく覚えておけ。こんなに白く細くても、決して見逃してはならぬ。この線を見つけだすには、何千枚もの正常の写真を見続けなくてはならない。たったこれだけの線を見つけることは、実はどえらい修業の賜物なのだぞ」

巌雄の意気込んだ言葉に対する僕の反応が今ひとつ鈍いことを感じて、巌雄は言う。

「話を聞く限り、今の医学生は生ぬるいな。せっかくの機会だから、入院している間は、ワシが一から鍛え直してやろう」

僕はげんなりした。ボランティア、医学の勉強、バクチの負けに借金返済。嫌いなもの盛りだくさんのオードブル。どうやらアンラッキー・トルネードが南太平洋上空に発生中なのは間違いない。僕の沈黙を承諾と勘違いして、巌雄は続けた。

「写真上、整復は完璧《かんぺき》だから添え木固定で充分だろう。全治二、三週間かな。でもって、こちらは頭部CTだ。なぜCTを撮像したか、わかるか?」

「頭部打撲したからでしょう」

僕が答えると、巌雄は笑う。

「ご名答。さすがに素人でもわかる程度の問題なら、落第生でも答えられるわけか」

正解してむかつく気持ちにさせられるのだから、教育者としての巌雄は、あまり優秀ではなさそうだ。後進は褒めて伸ばせ、が教育の大原則のはずだろ。

巌雄は硝子窓《ガラス》の向こう側のCTを指さして、子供のように言う。

「そんなことより見ろ、すごいだろ、最新のマルチヘリカルCTだぞ」

そんなことを言われても、何がすごいのかさっぱりわからない。それは戦争マニアが、アイドル萌《も》えオタクに兵器のすごさを伝えようとしている様子に、どことなく似ている。僕は無関心であることを、思い切り前面に押し出し、冷ややかに答える。

「そうですか。ところで退院はいつ頃ですか？」

僕の反応に、心底がっかりしたような巌雄は、肩を落として答える。

「写真の怪我だけだったら、明日にも退院できたんだがな……」

巌雄は、ちらりと姫宮を見る。

「額の傷の包帯交換は面倒だから、二、三日入院を延長してもらった方がいいだろう」

姫宮はしょんぼりしている。僕の特技かつ長所は、気持ちの切り替えが早いことだ。見方を変えればこいつはラッキー。潜入ミッションにとってはむしろ願ったり叶《かな》ったりだ。

「院長先生は、この件に関して、責任を感じていらっしゃいますか？」

「建前としては、責任を感じていると答えないと問題あるだろうな。だが正直に言えば悪いことをした、とはあまり思っていない。姫宮の責任か、天馬君のドジのどちらかだ。公式見解は、スタッフの過失は院長責任だから、逃げるつもりはないから安心せい。ま、こんなところかな」

どう聞いても謝罪には聞こえない尊大な物言い。けれども僕は却《かえ》って、巌雄のあけすけな表現に好感を持った。微《かす》かにすみれと同じ匂いがした。僕は続ける。

「責任追及はしませんが、多少の便宜を図っていただければありがたいです」

「脅迫か？　ウチは火の車だから脅したところで、カネは出ないぞ」

「お金でしたら、入院経費を持って下さるようですから、それで充分です。地域医療についていろいろ教えてもらいたいんです。実は公衆衛生のレポートが残っていまして」

嘘ではなかった。田端のヤツは、僕が溜《た》めているレポート数を三桁《けた》と言っていたが、いくら何でもそこまで溜めることはない。なぜなら入学から卒業までに提出するレポートを全部合わせても、三桁に届かないからだ。だが、提出したレポート数は片手で数えられる、という状況で三年生になれたのは我ながら奇蹟《きせき》だ、と思う。普通なら両手両足で数え切れない数のレポート提出をしないと、三年生にはなれない。

「そんなことならお安いご用。今すぐでもいいぞ。ひと仕事終わって、暇だからな」

「ありがとうございます。それでは早速レポート作成のための取材をはじめさせていただきます。桜宮病院の歴史や、桜宮市が抱えている医療問題について、教えて下さい」

巌雄は眼を細めて、僕を見つめた。

「変わった医学生だな。まあいい。ワシの頭の中には、地域医療の問題点などという生煮えの言葉では語りきれないくらい、いろいろなことが詰まっておるし、桜宮病院の歴史を紐解《ひもと》くことは、桜宮という街、ひいてはお前が通う東城大学医学部の理解につながるから、無駄にはなるまい」

巌雄の物語は、幼い頃から桜宮に住んでいた僕にとっても、驚きの連続だった。

「東城大学医学部の歴史を知っておるか？　明治の初めの頃、曾《そう》祖父が桜宮市南端のこの地に病院を建てた。同じ時期、隣に医療施設として碧翠院が建てられた。まだ医療と宗教が渾然《こんぜん》一体として、曖昧《あいまい》なまま存在できた頃の話だ」

僕はふと、明治維新の英雄群像を思い浮かべる。巌雄は続けた。

「碧翠院は医学専門学校に認定され東城院と名を変えた。これが現在の東城大学医学部の母胎だ。やがて、東城院は桜宮市北端に移り、跡地には寺が残り、再び名称を碧翠院に戻した。つまり碧翠院は東城大学医学部発祥の地であるが、その抜け殻でもある。その後、東城大は社会の中心で生の医療を司《つかさど》り、死の医学を桜宮に押しつけた。この体制は長年続いたが、最近事件が起こりバランスが崩れた。まあ、そのあたりは医学生にはまだ早い」

初めて聞いた話だが、僕が授業にも出ない落第生だから知らなかったというわけでもなさそうだ。こうした逸話は、話題の俎上《そじょう》にも載らず黙殺され、風化していく。桜宮病院と東城大学医学部は兄弟だったなんて驚きだ。今度、田端のヤツに確かめてみよう。

巌雄は眼を細め、笑みを浮かべる。

「あいつらにとって、この史実は、抹消したい忌まわしい記憶なんだろう」

巌雄は、僕を見つめる。

「ウチの最盛期は戦後混乱期から高度経済成長期。祖父と父が外科中心で回していたその頃は、北の東城、南の桜宮と並び称されていた。その後、祖父と父が立て続けに亡くなり、没落が始まった。東城大は無理難題や不祥事の後始末を押しつけ、サテライト病院の如く扱うようになった」

「サテライト病院って何ですか？」

「お妾《めかけ》病院、都合のいい別宅さ。手術は東城大、再発すれば桜宮病院。治療は東城、死を看取るのは桜宮。医療の高度化に対応するための分業体制の確立だそうだ。治る患者は科学の粋を集め最先端治療を結集し、手の施しようがない患者はポイ捨てする」

脳裏に、祖母の最後の数日が浮かんだ。癌が再発し手の施しようがないとわかった途端、主治医の回診の頻度が極端に減った。医者や医学は信用できない、とその時、強く思った。そして一気に、医者を目指すモティベーションを失った。

「どうしてそんなことになってしまうんですか？」

「終末期医療や死亡時医学検索は儲《もう》からない。点滴で雁字《がんじ》搦《がら》めにしても採算は取れない。だから桜宮に押しつける。ワシは法医学教室に出入りして、検死や解剖を徹底的に勉強した。その結果、死を扱う不採算部門を充実させることが問題解決の王道だ、と確信した。碧翠院を併設し、施設を多重構造にしたワシのアイディアは悪くはない、と今でも思っておる」

「問題は解決したんですか？」

「初めは順調だった。ところが、医療行政が終末期患者の切り捨てに舵《かじ》を切った。これでは終末期医療は成立しない。人々の野垂れ死にを前提とするような医療は、医療とは呼べない。だが、いくらワシが吠《ほ》えたところで、どうもならん」

「他の地域でも、終末期医療をやっているでしょう？　そちらと連合すればどうですか」

巌雄は笑う。豪放磊落《らいらく》、だが、どこか冷たい笑顔。

「確かに類似の施設は日本中にある。だが、みんな諦《あきら》めている。世の中の関心は、そこにはない。だから打つ手はない。メディアがいい例さ。ものの見方が皮相的で、紋切り型にしか表現できない。最先端医療は華々しく書き立てるが、終末期医療なんか滅多に取り上げない。たまに取り上げると、のたうち回る患者の葛藤《かっとう》にしか焦点を当てない」

死ぬ直前まで点滴漬けにされ、身動きもままならなかった祖母の姿が浮かぶ。

巌雄の声が重々しく響く。

「死者の言葉に耳を傾けないと、医療は傲慢《ごうまん》になる」

巌雄は僕を見つめた。初めの頃と比べて、言葉が柔らかくなった。だが僕は、深刻な話は好みではないので、がらりと話題を変えた。

「この病院って、変わった構造ですね。昔は、でんでん虫って呼んでいましたけど。本館は、この間見学しましたが、この東塔はどんな構造をしてるんですか？」

「地下で本館とつながっている。地下一階は画像診断室。レントゲンとCTがある。それと黒い扉の秘密の部屋。一階は事務局と応接室。二階は院長室や医師、看護師の着替え室。三階から五階までは、ワシら家族の住居だ。三階はワシと華緒の住まいだ。夫婦水入らず。四階には部屋が三つ。娘たちの部屋だ。今ヤツらはここには住んでいない。アパート住まいだ。気が向けば、そこで寝ているがな。まあ、当直室かセカンドハウスみたいなもんさ。子供たちが小さい頃は三階でみんなで暮らし、四階は子供たちの勉強部屋だった」

「それじゃあ、五階は？」

つけ足しのように尋ねてみた。実は、初めてここを訪問した日から、ずっと一番の関心事だった。

でんでん虫の触角。夕暮れに虹《にじ》の光を放つという伝説。

巌雄は一瞬黙り込む。次の瞬間あっさりと言う。

「物置じゃよ」

それから、遠い眼をして呟《つぶや》く。

「ワシら家族にとって、大切なものが置いてある」

巌雄は話を変える。

「ワシは院長だが、出番は少ない。ま、名誉職だな。ただ、経営方針はワシが決定してるがね。病院で大切なのは経営ではない。診療じゃ。経営なんぞはジジイが片手間にやればちょうどいい」

僕は、初めてこの病院を訪れた時の、ある光景を思い出して尋ねる。

「そういえば先日、先生は外部の方に応対されていましたね」

「ん？　ああ、あれか。あれは今のワシの一番の仕事だ」

ここまでは物事を過剰なまでに明晰《めいせき》に物語ってきた巌雄が、急に中身をぼやかして言う。好奇心が刺激された。

「それって何ですか？」

「知りたいか？　途中で逃げ出さないのであれば、見せてやってもいいが……」

約束します、という僕の返事の語尾に被《かぶ》さって、ベルの音が喧《けたた》しく鳴り響く。投げやりな声で、館内放送が流れる。

「外電。桜宮市妙田《みょうでん》三丁目、路地上。五十代男性。五分で到着予定」

「天馬君はツイておるな。ワシの仕事と黒い扉の向こうを見せてやろう」

巌雄が姫宮に向かって言う。

「姫宮は支度を手伝え。天馬君は、ひとりではあの部屋に入れないからな」

その言葉を聞いて、部屋の片隅で僕たちの会話を聞いていた姫宮に気がついた。全然、気づかなかったのに、一度気がついてしまうと、今度は妙にその図体《ずうたい》の大きさが眼に障る。

黒い扉を開け、サンダルを脱ぎ、簀《す》の子の板敷きを進む。黒長靴が乱立している。ひんやり澱《よど》んだ空気。素っ気ないタイル張りの内装が昔の銭湯のようだ。部屋の真ん中に銀色のステンレス製ベッドが二台ある。

そこは解剖室だった。

よりによって解剖か、と後悔した。解剖にはろくな思い出がない。解剖実習だけはサボれなかった。他の学科とは比較できない程、先生方の監視が厳しかった。理由は、実習が始まるとすぐ理解できた。

僕たちの前にあったのは、本物の御遺体だった。本来なら御家族に見守られ、とうに死出の旅立ちをされているはずなのに、医学生教育のために自らの骸《むくろ》を供与して下さった有志の方々に対して払うべき当然の敬意だ。授業や行事は徹底的にサボった僕でさえ、半年間の解剖実習には真摯《しんし》に取り組んだし、実習終了後に行われた慰霊祭にも出席した。

だがその敬意を以《もっ》てしても、耐えられなかったことがある。ホルマリンの甘く濃厚な匂い。拭《ぬぐ》っても拭っても身体に染みついてくる屍臭《ししゅう》のようなもの。

姫宮が僕の身体を支えて、長靴を履かせてくれた。

反対側のドアが開く。マスクと紙帽子をかぶり、眼だけになった巌雄が入ってきた。

「姫宮、なにぐずぐずしている。とっとと天馬君にマスクを着けてやらんか」

姫宮はびくっとして、紙マスクの箱に手を伸ばす。箱ごと、どこっと床に落とす。

「あわてなくてもいいから。落ち着けよ」

姫宮が、すみませんと呟いた。箱からマスクを取り出そうとして、今度は取り出したマスクの束を床に落とす。箱の方はしっかり抱えているのに……。

「姫宮、そんなにあわてる必要はないんだぞ。落ち着け。はい、深呼吸、あ、こら、マスクは一枚でいいんだ。落としたマスクなんか使うな。ばか」

巌雄の声に被さる姫宮のすみませんの繰り返し。

エレベーターの扉が開く。ストレッチャーと付き添いの男が二人。手袋の白さが際立っている。台の上には麻袋がひとつ。ベッドに横付けして、麻袋のファスナーを開く。そこには硬直した死体が横たわっていた。右肩に鮮やかな緋牡丹《ひぼたん》の朱。

男たちは死体を金属製のベッドに移す。慣れた手つきで、棚からファイルを取り出した。お願いします、の声に、巌雄がうなずく。

「身長百六十五センチ。年齢推定五十歳。男性。体表、新鮮外傷なし。右下腹部に古い術創。虫垂炎手術と推定。右肩タトゥー。牡丹柄。左小指第一関節遠位欠損。死剛《しごう》、下肢まで。死斑《しはん》、背面瀰漫《びまん》性。気温を考慮し、死亡時刻は十五時間から二十時間前」

淀《よど》みない巌雄の口述を、男がさらさら書き留める。三分間ほど、単調な医学専門用語の朗読が続き、ふと言葉が途切れた。巌雄は腕組みをして遺体を見つめている。

「所轄は、何て言っているんだ？」

「行き倒れだろう、と」

「いい加減なことを」

男たちは卑屈な笑みを浮かべた。巌雄は尋ねる。

「遺体の引き取り予定は？」

「ありません」

「それなら解剖は必要ないな。いつものように検案書は明日お渡しするが、それまでに引き取り手が現れなければ碧翠院で手厚く葬る」

「いつもありがとうございます。助かります」

男たちは深々と頭を下げた。ストレッチャーを押しながら、黒い扉の向こう側に消えた。

巌雄は僕に向き直る。僕は呆然《ぼうぜん》と尋ねる。

「何ですか、今の？」

巌雄はにいっと笑う。

「死体検案だ。遺体を体表から観察し、検案書を作成する。医学部では詳しく教えないだろう。医師の基本業務のひとつなんだがな」

「聞いたことありませんでした」

巌雄は眼を細める。

「医学教育の弊害だ。知識ばかり詰め込もうとするから、そんなことになる。検案は医学の基礎、死亡時医学検索のひとつで重要な情報だ」

確かに僕は、巌雄の発言に同意したが、僕が知らない、イコール医学部で教育されていない、という等式は成立しない。説明するのが面倒で、僕は質問を変えた。

「体表から見ただけでわかるもんなんですか、死因って？」

巌雄はうっすらと笑う。

「ワシくらいになると、身体の表面から見ただけで大概のことはわかる」

びっくりした。何事もその道を究めるということはすごいことだ。

巌雄は、そんな僕の表情を見てにやりと笑う。

「……と、コケオドシして、相手をびびらせることは簡単だが、本当のことを言おう。検案歴半世紀に及ぶワシだって、体表から見ただけでは正確な死因はわからん」

「え？　それならさっきの検案は不充分じゃないですか。それでいいんですか？」

「むろん、よくない。だがな、今の医療システムに忠実であろうとすれば、体表から見て死因がわからなかったら、解剖するしかない」

「解剖すればいいじゃないですか」

僕の直截《ちょくせつ》的な言葉に、巌雄は肩をすくめる。

「外部から持ち込まれた遺体に、いちいち解剖で対応しては、身がもたんよ。一体解剖すれば三時間はかかりきり、おまけに実費の三十万は病院の持ち出しだ。有能な助手がいたが、彼女がいなくなってからは、体力的にも経済的にも、続けるのは無理になった」

「死因をいい加減なままにして、いいんですか？」

「仕方ない。国はこうした検索に金をつけようとしないんだから。官僚は経済的に自立する医療を行え、というメッセージを発信し続けている。解剖すると、中央官僚に逆らうことになるし、余計なコストもかかる。そして、世の中から取り残されてしまう」

「だから解剖しないんですか？　そんなバカな。お金の問題ではないでしょう」

巌雄は僕を見る。

「そんな口を利けるのは、お前が半端者《はんぱもの》だからだ。元来死亡時医学検索には国が金を出すべきなんだ。そこに金を惜しんできた国家は、医療に金を惜しむ国家だ」

「保険から費用を出せばいいじゃないですか」

「保険は生きた人の医療のためのものだ。そこからの費用拠出など、センスの悪い発想だよ。死亡時医学検索は、医療の司法だ。裁判官に金を稼げ、警察官が利益をあげろ、と命じる社会がどこにある？　そんな根本原則を考えないから、この国の医療は崩壊してしまうんだ」

僕は巌雄を見つめた。返す言葉がない。

「いいか、医学生、死亡時医学検索は医学の基本だ。基本をなおざりにするものは、必ず滅びる。そして、死亡時医学検索は、医療における警察の役割を果たす。そこに金を拠出しない国家とは、警察に金を出さない国家に等しい」

「その世界に悪人が紛れ込んでいたら、どうなるんですか？」

「どうにもならん。闇に紛れてそいつがのさばり続けるだけさ。医療の世界には警察官がいない。犯罪ユートピアなのだよ」

巌雄の眼が、微《かす》かに光を放った。

「まあ、今のは一般論だ。心配するな。ワシには秘密兵器があるからな」

秘密兵器とは何だろう。好奇心が蠢動《しゅんどう》したが、同時に、僕は巌雄との高度な医学論争に疲れてしまった。やむなく僕は、他愛《たわい》もない話に舵を切る。

「さっきの人たちは、どなたですか？」

「警察官だ。行き倒れを連れてくる。ワシは警察医なので、よく頼まれる。件数が多くて、出入りが面倒なので、一年前に院長室と遺体搬入口、それと剖検室《ぼうけん》を直接つないだエレベーターを設置したくらいだ」

「警察医って、何ですか？」

「さっきみたいな行き倒れの処理は警察業務だが、死体検案書には、医師のサインが必要だ。だから、警察から業務委託されている。これが今のワシの仕事の半分だ」

「それでは、残り半分は何ですか？」

「解剖だ。今みたいな遺体でも、問題があれば解剖する。これを行政解剖と称する」

巌雄は顎《あご》で黒い扉を指し示す。すかさず姫宮が扉を開ける。僕はおそるおそる足を踏み入れる。薄暗い部屋に青いバケツが整然と並んでいる。壁のつきあたりは闇に溶けて見えない。バケツの数に圧倒されたが、まあ、その程度の話だ。

僕はほっとした。そんな僕を見て巌雄は笑う。

「ワシの仕事は医療の終着駅。死体検案と解剖だ。このバケツの中には、開院以来のすべての解剖臓器が入っている」

「この病院では、こんなにたくさん解剖していたんですか。全然知りませんでした」

僕はでんでん虫にまつわる物騒なウワサを思い出す。でんでん虫が夜中に死体をむさぼり喰《く》っている、というウワサ。

どうやらあのウワサは事実だったようだ。

僕は気を取り直し、尋ねる。

「バケツはどのくらいあるんですか？」

「二千かな、三千かな。正確にはわからん」

「まるで、死体倉庫ですね。以前の臓器は処分しないんですか？」

「普通ならまとめて荼毘《だび》に付す。だが、安置する空間がある限り、荼毘に付すつもりはない。せめてここでは、この世に存在した証として残しておきたい。罪人でも同じ。死んでしまえば平等だ。たとえばほれ、天馬君の足元のバケツには、かつて人殺しもどきを行った小悪人の臓器のかけらが保存されている」

僕は思わず後ずさる。巌雄の揶揄《やゆ》が響く。

「それにしても本質を把握していない、浅はかでクソッタレな質問ばかりだな」

僕はむっとした。

「それなら本当の実態を教えて下さい」

「知りたいか？」

巌雄は尋ね、ふと心配そうな顔をする。密《ひそ》やかな侮蔑《ぶべつ》を読みとった僕は、うなずく。

「よく言った。それでこそ、次代の医学の担い手だ。その眼をしっかり見開いて、現実を見届けてもらおうか」

巌雄は足元の青バケツを一つ、解剖台に載せると、蓋《ふた》を開け中身を一気にぶちまける。強烈な刺激臭。涙がぽろぽろこぼれる。丸いぶよぶよした物体、紐《ひも》のように長い物体。明らかな肉の塊。焼き肉屋のホルモン皿の連想。スライスされた肉片は肝臓だろう。バケツの規格から外れた中身が銀盤上に乱雑に広がる。その生々しさは、解剖実習のひからびた御遺体の比ではない。

「これが人間のなれの果て。今朝、解剖を終えたばかりの臓器だ」

巌雄が死体を黙々と切り裂いているビジュアルが脳裏に浮かび上がる。延々と並ぶ青バケツには、臓器に変換された人間が封じこめられていたのだ。突然、自分が死体の森のど真ん中に立っていることに気づかされる。僕は一瞬にして、部屋の全貌《ぜんぼう》を理解した。

バケツから死者の姿が一斉に、煙のように立ち上る。その揺らめく群像の中に、両親の面影を宿した影を見つけて、僕は突然思い出す。

確か両親は事故後、ここに運び込まれたはずだ。葬式は碧翠院で行われたのだから。

突然、嘔吐《おうと》がこみ上げ、僕はしゃがみ込む。

——お前は見ない方がいい。

祖父の声。蝉の声が満ちる静寂。入道雲。ひそひそ話。申し訳なさそうな葉子の白い顔。降り注ぐ蝉時雨《しぐれ》。音が満ち溢《あふ》れているはずなのに、僕の周りは静かだ。僕は森へ駆け込む。逆光の女性のシルエット。光の中へのフェイド・アウト。

僕は画像診断室の控え室のソファに座らされていた。巌雄が素直に頭を下げる。

「大人げのないことをした。体調が悪い天馬君には、少し刺激が強すぎた」

僕は首を横に振る。

「平気です。病院には死が眠っているというのが、現実なんですね」

巌雄はフン、と鼻先で笑って、腕を組む。

「少し見直した。これが医療の現実だ。誰でも死の前では平等だが死に際し誰もが平等に扱われるわけではない。だからワシは、せめて桜宮では誰でも等しく扱いたい、と思っている」

最後の言葉は、自分に言い聞かせているかのようだった。

「だがな、これしきでびびるな。医学とは屍肉《しにく》を喰らって生き永らえてきた、クソッタレの学問だ。お前にはそこから理解を始めてもらいたい。医学の底の底から、な」

巌雄の言葉が、僕の想念と同期《シンクロ》した。巌雄の言葉は、僕が真っ直ぐに道を追い続けていけば、いつか僕の目の前に立ち塞《ふさ》がるであろう未来の壁を、一足先に垣間《かいま》見せてくれたのかもしれない。

巌雄は僕の瞳《ひとみ》の奥底を覗《のぞ》き込む。

「人は誰でも知らないうちに他人を傷つけている。存在するということは、誰かを傷つける、ということと同じだ。だから、無意識の鈍感さよりは、意図された悪意の方がまだマシなのかもしれない。このことがわからないうちは、そいつはまだガキだ」

僕には唐突な巌雄の呟きの文脈が理解できず、またその言葉が孕《はら》む不可知の重さを支えることもできなかった。やむなく僕は話を変える。

「検案した遺体は、ここで預かるのですか？」

「冷蔵庫で一晩保存し、死体検案書を記載する。隣には五体分の死体保存用冷蔵庫がある。普段稼働するのは一体分か、せいぜい二体分。三体埋まったら、異常事態だ」

「その後はどうするのですか？」

「家族に遺体を返す。無縁仏なら碧翠院で弔い、火葬場行き。中には火葬を済ませておいてくれと頼む不届きな家族もいるがな」

巌雄はちらりと壁時計を見た。

「ちょうどいい。桜宮の闇に悪酔いした後は、桜宮の光でヒトの心を取り戻せ。姫宮、天馬君を華緒の温室に案内してやれ」

そう言い残すと、巌雄は術衣を脱ぎ捨てる。それから大股《おおまた》で部屋を出て行った。

十一章　薔薇《ばら》工房

六月十八日　木曜日　快晴　午前十一時

僕と姫宮は、セピア色のでんでん虫の脇腹から病院の外に出た。一歩外に踏み出すと、海風が僕たちの髪をなぶっていく。

みゃう、みゃう、と海猫の鳴き声がする。空が高い。視線はどこまでもまっすぐ、遮蔽《しゃへい》物《ぶつ》なしに水平線の彼方《かなた》まで達する。風になぶられる髪を手で押さえた姫宮が指さす先に、その硝子《ガラス》の館《やかた》はあった。

おそるおそる、姫宮が扉を開く。亜熱帯の空気が流れ出す。薔薇《ばら》の香りが僕を押し包む。硝子の部屋にはいると姫宮は、そろりとドアを閉めた。

深紅の薔薇が鮮やかに眼に飛び込んでくる。数百本はあるだろうか。紅《くれない》の隊列は整然とタテ五列、ヨコは果てしなく行進している。薔薇の観兵式。中央には、白薔薇のタテヨコ五列のスクエアのアクセント。

薔薇工房という言葉が、ふと胸をよぎる。

とぎれとぎれに、モーツァルトの旋律のハミングが聞こえる。

眼が慣れるに従い、全体が見えてくる。硝子の外周をふちどるのは紫陽花《あじさい》。血の赤から空の青まで、青と赤の間のすべての色彩に溢《あふ》れる。薔薇と紫陽花。どちらも梅雨を象徴する花だ。

硝子ケースの中では、色彩を司《つかさど》る女神が如雨露《じょうろ》を持ち、花を渡る蝶《ちょう》のように、旋律と共に漂う。高く細い声が奏でる、消え入りそうな子守唄《こもりうた》。ゆったりしたドレスが微《かす》かな風に揺れる。

僕たちに気がつき、白い蝶は立ち止まる。虹《にじ》の部屋の貴婦人は、僕たちに向かって優雅に会釈した。

「あなたは姫宮さんだったわね。ここには慣れた？」

姫宮が緊張しながら、質問に律義に答える。

「ええ、華緒先生、おかげさまで何とか」

「あなたは、とてもにぎやかで楽しい方のようね」

皮肉ではなく心の底から、そう言っている華緒の気持ちが伝わってくる。姫宮は真っ赤になって縮こまる。華緒は姫宮を遠い眼で見つめる。

「昔、あなたに似た娘《こ》がいたの。優しくて、歌がとっても上手だったわ……」

そう言うと、華緒は僕に視線を転じる。

「こちらは新入りさんね。子犬みたいな方。お名前は？」

「天馬です。天馬大吉」

「まあ、素敵。ラッキー・ペガサス、だなんて」

浮き世離れした華緒の言葉に、僕は一瞬眩暈《めまい》がした。

「それじゃあペガサスさんは、どの花にしましょうか」

華緒はあちこち眼を走らせたが、やがて一列の薔薇に眼をとめる。

「ここにしましょう。ここがあなたの薔薇」

ほころびかけた深紅の薔薇を指さす。僕の薔薇って何のことだろう？

ふと見ると、隣の列の薔薇はすべて手折られていた。

「もうじきまた花が咲く……」

遠い眼をした華緒には、もう僕たちは映っていない。とぎれとぎれに、か細い子守唄が流れる。旋律に合わせ、華緒の指先が空間に漂う音符を捉《とら》える。温室は薔薇の香りでむせかえる。

「奥さま、仕事に戻りますので、これで失礼します」

姫宮が告げる。華緒は僕らを見ることなく「ご苦労さま」と答える。

姫宮と僕は硝子の温室を辞去した。硝子の扉を閉めた途端、オルゴールの蓋《ふた》をした時のように子守唄が僕の耳から遮蔽される。

「華緒先生は、お身体の加減が悪いの？」

姫宮は僕の質問に直接は答えなかった。

「奥さまは私たちとは別の世界で生きていらっしゃいます」

姫宮の一言で、僕は華緒の精神状態を理解した。姫宮はあわててつけ加える。

「でも、奥さまは最近、ご機嫌麗しいんです。私がこちらに来た頃とは大違いです。あんなに明るくお話をされるようになったのは、ここ数日のことじゃないかしら」

「へえ、何かいいことでもあったのかな。ところで、僕の薔薇って何のこと？」

「この病院に関わる人はみんな、最初に温室に連れて行かれます。そこで華緒先生がその人の薔薇の列を決める。私の薔薇の列は天馬さんの二つ隣です。真ん中の白薔薇はご家族の列だそうです」

薔薇工房の白薔薇区画。五×五のスクエアだった。家族の象徴だとすれば、巌雄、華緒、小百合、すみれで五×四のはずなんだけど……。

「僕の隣の列の赤い薔薇は手折られていたよね。あそこは誰？」

姫宮は黙り込む。しばらくして言う。

「あそこは菊池《きくち》日菜さんという方の薔薇でした」

碧翠院で聞いた、すみれの言葉を思い出した。『小百合に確かめてくる』

「日菜さんは一昨日、碧翠院から桜宮病院に転院されたよね。どういうご病気なの？」

「それは個人情報ですので、部外者の天馬さんにはお答えできません。ただ……」

姫宮は一瞬、躊躇《ちゅうちょ》したが、淡々と続けた。

「日菜さんの病気に関する情報にもう意味はありません。今朝、お亡くなりになりましたから」

日菜が死んだ？　脳裏に大きな眼と栗色のストレートヘアが揺れた。二日前は日菜がそこまで具合が悪いとは思えなかった。

その時、僕の脳裏で、姫宮から聞かされた言葉と、先ほど見せられた光景が、金属のジグソーパズルのように、カチリと音を立ててはまりこんだ。

巌雄の言葉が甦《よみがえ》る。

——今朝、解剖したばかりの人間のなれの果て……

今朝？　背中に冷や汗が流れる。それじゃあ巌雄がさっき見せた臓器は……。

立ち眩《くら》みがしてしゃがみ込む。それから激しく嘔吐《おうと》した。胃が空っぽになるまで。痙攣《けいれん》のような衝動を両手で抱えて、うずくまる。僕の肩に、姫宮がそっと手を置いた。

潮騒を海猫の鳴き声がかき消していく。

十二章　星座が告げるもの

六月十八日　木曜日　快晴　午前十一時半

「私、受け持ちを代わった方がいいのでしょうか」

本館に戻る地下廊下で、姫宮が僕に尋ねる。さっきの僕の反応を、姫宮に気分を害したせいだと勘違いしたらしい。何てめんどくさい女なんだろう。

「君がそうしたいなら、僕は構わないけど」

「私みたいなドジ、ご迷惑じゃありません？」

「正直言えば少しね。だけど僕はこういう目に遭うのは慣れっこなんだ。経験から推測すると、受け持ちが他の人に代わっても僕はきっと、その人に同じ目に遭わされる」

姫宮は、僕の話を彼女を慰めるための作り話と考えたようだ。それでも、姫宮の気持ちは少しばかり晴れたようだった。

「私でよければ、喜んでお世話させていただきます。それではこの後、予定通り、お話を聞かせて下さい」

「アナムネ、だったよね」

僕は、自分が医学生であるという精一杯のアピールも込めて、姫宮に問いかける。

姫宮はうなずく。そばかすの鼻の頭に汗が光る。

部屋に入ると姫宮は、ベッドに腰掛けた僕の側に椅子を引き寄せる。小さなパイプ椅子から身体をはみ出し、ちょこんと座る。桃色眼鏡に手をあてる。

「入院にあたりまして、諸情報についてお尋ねします。まず、生年月日の確認から。カルテの記載に間違いはございませんか？」

僕は、姫宮が差し出したカルテの第一ページを見て、うなずく。何だか、ずいぶん硬い言葉。容疑者に対する尋問みたいだ。

「天馬さんは射手座なんですね」

姫宮は僕の顔を見つめる。カチリ、とスイッチが入ったような音がした、気がした。

「ジャコブとヴァランスの筆による禁断の書、『占星術の鏡』(国文社刊)によりますと、射手座の性質は火、アナロジーはフォックステリア、なかまど、とねりこ、優雅なスポーツが似合い、革製品がラッキーアイテム。ヴィヴィッドイエローがシンボルで、香りはベルガモット。サキソフォンに共鳴し、双子座を愛する。獅子《しし》座と調和し、天衣無縫なところがあります。反抗する心の宗教的感情を表す寓意《ぐうい》として、ギャレットで美術品を略奪する近衛騎兵みたいな人」

熱病に浮かされたような姫宮の、迸《ほとばし》るような饒舌《じょうぜつ》に呆然《ぼうぜん》とする。僕が姫宮を見つめているのに気づくと、はっと我に返る。真っ赤になってうつむいた。

「あら、いけない、あたしったら……あの、天馬さんはご自分のことをどのようにお考えになっています？」

僕は首をひねる。自分をどのようにお考えになったか、なんてこともないし、病院で星占いされる理由もわからないし、人生相談も希望してはいない。三重苦の質問に答えあぐねている僕におかまいなしに、姫宮は僕に打ち明ける。

「実は私、魚座なんです」

実は、という前振りに密《ひそ》かな期待が湧き上がる。無邪気に尋ねる。

「魚座と射手座は、相性がいいの？」

姫宮はがっくりと肩を落とす。力無く首を横に振る。

「いいえ。最悪です」

何なんだ、こいつは？

「ご両親はお元気ですか？」

「二人一緒に、自動車事故で死にました。僕が小学校二年の時」

姫宮は口に手を当て、固まる。

「ごめんなさい。そうでしたね。昨日聞いたばかりなのに、うっかりしてしまって……」

ドンマイ、気にしない。こう見えても僕は、君のことは少しは理解しているつもりさ。

「お父さまやお母さまは、ご病気をされていましたか？」

「大きな病気は、特になかったと思います。子供だったからよくわからないけど」

「一応、健康なご両親だった、ということでよろしいですね」

よろしいも何もない。だ・か・ら、よくわからないんだってば。会話が微妙にかみ合わない。それにちゃらんぽらん医学生の僕でさえ、両親の病歴と僕の怪我は全く無関係だと断言できる。そこにこだわって聞き取ろうとする姫宮は、微妙に（というのは精一杯の社交辞令で本音を言わせてもらえるのなら、大幅に）ポイントを外しているように思える。

「さて、いよいよ天馬さんご自身のことをお尋ねします。これまでに大きな病気や怪我をされたことはありますか？」

いよいよ、という大仰な接頭辞に密かに込められた期待に、どう応《こた》えればいいのかと散々悩んだ挙げ句、つい僕は道を踏み外してしまう。

「ちょっと前に右手首を骨折しました。その後、額を二針縫う怪我をしました」

姫宮は驚いたように眼を見開き、両手を口に当てる。

「まあ、今回とそっくり。まさにデジャ・ヴュの世界です。二度立て続けに同じ怪我をなさるなんてすごい偶然です。とっても驚きました」

「あ、いや、そうじゃなくてね、それはこの怪我のことなんだけど」

姫宮が呆《あき》れたように首を振る。

「今回の怪我の件は、もちろん私も把握しています。改めて申し上げるまでもないことですが、今こうしてお聞きしているのは当然、それ以前のことです」

「……はい。すみません」

僕のパーティ・ジョークは思い切り空振りした。天馬さんたらやだあ、冗談ばっかり、という嬌声《きょうせい》と、肩のひとつもポンと叩《たた》かれるのではないかという淡い期待は花と散った。ちょっぴり後悔しながら僕は、少し前に気づいた真実を思い返し、自分に言い聞かせる。忘れてはいけない。姫宮はトロかったんだ。

姫宮は、桃色眼鏡のブリッジを押さえて、淡々と続けた。

「血液型は？」

「O型です」

ようやく病院らしい質問が始まった、と安堵《あんど》したのも束の間。次の瞬間、カチリ、とスイッチの音がして、たちまち姫宮ワールドに逆戻りしていく。桃色眼鏡が白く光る。

「射手座のO型。開けっぴろげで自信家、物事の判断にためらわず、目的に向かってまっしぐら、という性格。『アルガンダムの書』によれば、その者、眼は猫に似るであろう。片手の数の妻と連れ添い、その誰とも添い遂げない。O型の開放性と他者との関係性を調整する能力の優れた部分を併せ持てば、悪賢い精神を憎み、高みを目指して駆け登るペガサスのような人生を送ることになるわ、きっと」

姫宮は、自分の発した言葉の残響に、はっと眼を見開く。

「何て偶然なの。天馬さんがペガサスのような人生を送るなんて」

ひとりで感動に打ち震えている姫宮を、僕は呆然と見つめた。星座と血液型を重ねあわせると占いの精度が向上するとでもいうのだろうか。姫宮が僕にそそぎ込もうとしている膨大な情報量に消化不良を起こし、単純な相づちを打つので精一杯だった。

「へえ、そうなんだ。ところで姫宮さんの血液型は？」

「AB型です」

「射手座のO型と、魚座のAB型の相性は……？　すごく悪いんだよね、きっと？」

「ええ、ものすごく、悪いです」

うなずく姫宮。僕は脱力感に囚《とら》われた。こんなところで僕は一体何をしているのだろう。


どうやら姫宮は占いマニアのようだが、あいにく僕は占い師とは相性がとても悪い。あたると評判の占い師に、稀《まれ》に見る強運だと占われて以来、占いというものを全然信用しなくなった。まあ、大吉という名前に、凶のおみくじを引かせる占い師はいない。自分のツキのなさを主張する僕に占い師は、僕は強運の塊のような人間だが、あまりに運が強過ぎて強運に反共鳴し不幸が襲ってくるのだ、とわけのわからないことをのたまった。それならどうすればいいのかと尋ねると、その占い師は厳かにこう告げた。

「あなたの運勢は、表層では不運続きですが、ひとりの女性と出会うことできれいに入れ替わり、本来の運命が発現してくることでしょう」

それから僕は運命を反転させてくれる女神を真剣に探し続けたが、お告げから数えて三人目の女神候補にそっぽを向かれた時、金輪際占いなんて信じるものかと決心した。それでも季節の変わり目に心惹《ひ》かれる女性が現れると、占いのお告げが僕を呪縛《じゅばく》する。

姫宮の質問は続く。

「ご趣味は？」「さんぽ」「好きな食べ物は？」「肉ジャガと里芋の煮転がし」「お休みには何をしてますか」「ビデオ鑑賞か読書」……バクチの件は隠蔽《いんぺい》しておこう。

姫宮の潤んだ瞳《ひとみ》に見つめられながら、次々とテンポよく繰り出される身上調査に答えていると、次第に合コン気分になってくる。星座、血液型、趣味、好物ときたら、次の日曜日の予定を尋ねるのが王道だ。こいつは脈アリかな。

僕の期待の眼差《まなざ》しに応えるように、姫宮は一枚の紙を差し出す。いきなり自分のスケジュール表を手渡すなんて、すごく積極的だ、と僕はどぎまぎする。

「入院時のきまりで、雇用契約書と保険契約書にサインしていただきます。桜宮病院に入院するとすみれ・エンタープライズに入社していただくことになりますので、そのための手続きです」

猫騙《だま》しに肩すかしを喰《く》らって、足払いで腰砕け。しょんぼり書類を確認する。保険受取人は巌雄病院長。雇用主はすみれ。どうやら僕は怪我をしたために、一気にボランティアから正社員に格上げされてしまったらしい。面接もしていないのに、いいんだろうか？

「掛け金は病院側が拠出しますのでご心配なく。受取金額は百万円、万一天馬さんがお亡くなりになった時葬式代行料や、検査代補塡《ほてん》に使わせていただく予定です」

「僕が死んだ後のことまで考えてくれているの？」

僕は精一杯の皮肉を込めて尋ねる。決して気分のいい話ではない。いや、はっきり言おう。さすがに不愉快だ。でも結局僕は、自分の気持ちを口には出せなかった。

「天馬さんは特別なんです。本院は末期の方が多く、普通は保険に入れません。碧翠院の人は深刻な病気でない人も多く、そうした人が雇用されて保険に入ります。法令遵守が徹底していて素晴らしいです。どこもこうだと助かるんですけど。ですからあまり深く考えなくても大丈夫ですよ、きっと」

きっと、って君、そんな無責任な。

「でも、僕は怪我をしてるから、保険に入るのは無理じゃないの？」

「傷害特約は外してあるみたいなので、大丈夫でしょう」

それじゃあ死んだ時しか保険金は下りない。生前の僕には一切無関係だ。一言言わせてもらいたい。僕にメリットが全然ない保険になぜ入らなければならないんだ？

「入院が二、三日でも、社員にならないといけないんですか？」

「そうらしいです。これは小百合先生のオーダーなんです」

雇用契約書と保険契約書はそこはかとない不安感をあおる。二重雇用や保険金犯罪に巻き込まれないか。学生の身分で本契約してしまっても問題はないのか。ためらう僕に、姫宮が申し訳なさそうに言う。

「私はここにきて三ヶ月になりますけど、これまで新入院がいなくて、この手続きするのは初めてなんです。他の人たちはみなさん碧翠院からの転院で手続きは済んでいたんです。だから詳しく説明できなくてごめんなさい。契約内容に関してはすみれ先生が一番よくご存じで、私にはわからないんです」

最後に姫宮の力強い言葉が響く。

「でも、心配しないで下さい。天馬さんは私が責任持ってお守りしますから」

この瞬間、僕は二つの不安を同時に抱えた。一つ目。この病院は守ってもらわなければならないような危険があるのだろうか。二つ目。姫宮が僕を守る？　責任を持って？「壊す」或《あ》るいは「看取る」の言い間違いじゃないのか？

形式だと念を押した姫宮の言葉に背中を押され、むりやり不安をうち消して、僕は二つの書類に署名捺印《なついん》した。

昼食はふろふき大根とブリの煮付け。配膳《はいぜん》係は黄色《イエロー》猪八戒、トク。

「配膳、下膳はワシたち奉仕班の仕事だ。患者の送り迎えもワシらがやる。今朝はどうしてもというから、姫宮にやらせたらあの始末でな。慣れないことをするから、ああなってしまうんじゃ。もっとも当番の交代を美智に伝えなかったワシも、ちょっとは悪かったんだけど」

赤巻紙、孫悟空の美智が姫宮をとがめ立てした理由が判明した。トクの話を聞き流しながら、僕は食事にむしゃぶりつく。

「旨《うま》いかね？」

「ああ、旨いよ。すごく、旨い」

トクは満足げにうなずくと、お茶を注いで部屋を出ていった。

昼食後、小百合の回診があった。姫宮と二人。棘《とげ》を含んだ静かな口調で言う。

「すみれは日中は碧翠院が忙しいから、私で我慢してね」

手早く額の傷の包帯を交換する。姫宮はつつがなく小百合の補助をしている。去り際に姫宮は僕に向かって小声で言う。

「回診が終わりましたら清拭《せいしき》に伺います」

「セイシキって何？」

姫宮はうつむいて恥ずかしそうに言う。

「怪我でお風呂《ふろ》に入れないでしょう？　お身体を濡《ぬ》れタオルで拭《ふ》かせていただきます」

姫宮につられて、思わず僕まで赤面してしまった。

十三章　陸の孤島

六月十八日　木曜日　快晴　午後一時

僕は葉子への定時連絡を忘れていた。葉子は僕の心配なんてしないが、僕のルーズさに苛立《いらだ》っていることは間違いない。打ち合わせの約束をすっぽかしたことにもなっているのでなおさらだ。

院内で携帯電話は使用禁止だし、電波が来ていないことも確認済みなので、携帯を忍ばせ部屋を出た。病院の庭先を歩き回ったが、どこへ行っても圏外マークが張りついたまま動かない。今時携帯が使えない地域があったとは驚きだった。外界との繋《つな》がりを完全に遮断されているという事実をつきつけられ、心細くなる。

その帰路の途上、僕は初めてでんでん虫の貝殻部分、本館を外側からしみじみと見た。初めて訪問した時は地下通路経由だったので気付かなかったのだが、よく見るとすべての窓枠に錆《さ》びた鉄格子がはめ込まれていた。代用監獄だった時代があった、という小百合の話を、思い出す。電磁遮断の状況と相まって、僕は息苦しくなる。

病棟では西遊記ご一行が、僕の帰還を待ち構えていた。赤い孫悟空、美智が口を開く。

「天馬がトクの料理を褒めた、というのは本当か？」

戸惑いながら、僕はうなずく。すると会話が一斉に弾ける。

「ほらみろ、ワシはウソなんかつかん」「あんな田舎料理のどこがいいんじゃ」「お世辞なんか言っても何もでないわよ」「本当の感想を言ってまえ」

赤、黄、赤、青、赤。わかったから、もういいよ。

「別に無理に言わせたわけではなかろうもん」

すがるような目つきの黄色い猪八戒、トクの泣き出しそうな顔にほだされて僕は言った。

「本当に美味《おい》しかったよ。ばあちゃんの味がしたもの」

青巻紙の沙悟浄、加代が、ちっと舌打ちをする。

「何だ、天馬さんは田舎者なのね」「ああ、田舎もんじゃ。だからトクの料理なんぞが口に合うんじゃ」「田舎者」「田舎もん」

手拍子で、はやし立てる二人。黄色い猪八戒、トクは泣き出しそうな顔で、僕と赤・青を交互に見つめる。僕が田舎者なのは否定しないが、美味しい料理を作ってくれた猪八戒が苦境に陥るのを黙って見てもいられない。

「確かに田舎料理だけどさ。皇居のお堀の側の懐石料理屋で出された田舎料理で食べたのとそっくりだったなあ。確か、天皇陛下も時々お食事されるというウワサの店だったけど」

からかいの言葉がぴたりとやんだ。

「皇居のお堀の側の店？」「陛下がお食事をされた店？」「陛下のお食事姿を拝見したのか？」「陛下はお元気だったか？」

「直接はお目にかかれなかったけど、お店にはサイン入り写真が張ってあったよ」

——陛下が芸能人と同じようなサインをするはずもない。当然、そんな店は実在しない。だが……三婆西遊記は、ころりと信じた。

僕に向けられた視線に微《かす》かな畏敬《いけい》の念がこもる。単に、同じ店で食事をしたことがある、と言っただけなのに。それもでっちあげなのに。きっと世の中にはこういう婆さんたちが大勢いて、磁気毛布やら幸せを呼ぶペンダントやらの購買層になっているに違いない。

「どんなもんじゃ。オレの料理を陛下が褒めてくれたぞ」

黄色《イエロー》い猪八戒トク、勝利の雄叫《おたけ》び。それは全然違うと思うんだけど。

今度は他の二人がしょげ返る。その周りをトクがどんなもんじゃとくるくると回る。

まずい。爆弾処理したら、別の地雷の暴発を誘発した。僕はあわててつけ足した。

「でも、そのお店は結局、潰《つぶ》れちゃったけど」

トクはぴたりと動きを止めた。どうやら火消し成功。僕は一瞬の間を捉《とら》えて、尋ねる。

「外に電話をしたいんだけど、公衆電話はどこ？」

「そんな洒落《しゃれ》たもん、ここにはない」

「外に連絡を取る必要があるヤツなんておらんからの」

「それじゃあ外と連絡を取りたい時には、どうすればいいんだい？」

「伝書鳩を使うんじゃ」

「え？　本当に？」

孫悟空、美智の言葉に驚いて質問すると、トクが訂正する。

「アホ。ウソに決まっとろうもん。東塔の事務受付に電話があるから、借りればええ」

電話一本かけるために、長い地下廊下を通り、東塔まで行かなければならない。脳裏を、陸の孤島という表現がよぎった。


地下廊下を歩く。壁に張り巡らされた細い鉄パイプを眼でたどりながら、僕は考える。桜宮病院では外部と連絡をとるために多大な労力を必要とする。一方碧翠院という古ぼけた寺院には、最先端のインターネット企業が潜む。どこかちぐはぐでアンバランス、大切な何かがすっぽりと抜け落ちている感じがする。

事務の女性に電話を貸して欲しいと頼む。彼女は黒電話を指し示す。むき出しの沈黙が緊張感を掻《か》き立てる。僕はおそるおそる、番号を回す。逃亡中の指名手配犯気分だ。

呼び出し音三回の後、葉子の涼しい声が聞こえてきた。

「時風新報、桜宮支所です」

僕は声を潜めて、おそるおそる言う。「……もしもし？」

葉子の声が低くなる。「何だ、大吉クンか」

いきなり、大吉モード。不機嫌度はかなり高い。まあ予想済みではあったことだが。

「何でゆうべ連絡しなかったのよ。打ち合わせ予定だったでしょ。会わせたい人がいたからずっと待ってたのに」

葉子の早口の台詞《せりふ》が、速射砲のように続く。僕は手短に事情を説明した。この病院が携帯圏外エリアであることも伝えた。これでアリバイ成立。さすが管理職候補生、葉子は状況把握と感情の切り離しが早い。たちまち状況を理解し、ビジネスモードに切り替える。

「災難だったわね。それなら先方には謝っておくわ。ところで怪我は大丈夫なの？」

「まあ、何とか、ね」

僕が現在、不運のスパイラル・モードのまっただ中に入っていることは伏せた。葉子がいなくても、このありさま。ここに葉子が参入したら、一体どうなってしまうのか。

続いて一番気になる雇用契約と保険契約について話してみる。受話器の向こうで葉子が思案している。やがて、ピントのぼけた指示をだす。

「怪我は大したことないのね？　だとしたらこれはチャンスよ。桜宮病院を患者の視線から観察できるわ。できるだけ内部に食い込んでみて」

僕は、事務員に聞こえないように声を潜めて続ける。

「雇用契約を結んでいいのかなあ？　イヤな予感がするんだよね。ごっそり保険をかけて殺されちゃうとか」

葉子はあはは、と笑う。

「受取り額は百万円ぽっちでしょ？　そのつもりなら、そんなセコい額にはしないわよ」

葉子は完全に他人事《ひとごと》モードだ。それでも葉子に断言されると、少し安心できる。今の僕はナーバスになり過ぎている。

「私はちょっと頼まれ事で、週末は東京なの。だからお見舞いには行けないけど、代わりに通信員を派遣するから、今後のことはその人と相談して」

葉子が派遣しようというのは、絶対にバイトの子ではない。バイトは時給雇いだから、そういう役割には使わない。これまでそういう役回りをしていたのは僕で、その僕は現在、入院中だ。

だとしたら、来るのは一体誰だ？

僕は電話を借りた礼を言い、事務室を退去した。事務の女性は返事もしなかった。

病室に戻ると、姫宮が僕を待ち構えていた。左手にポット、右手に金属性の平皿を持ち、ぼんやり佇《たたず》んでいる。僕を見ると、はっと気がついたように尋ねる。

「どちらへ行ってらしたんですか？」

「ちょっと、院内探検」

「勝手にうろうろしないで下さいね。心配しますから」

姫宮の眼が、潤んだように見えた。心配かけてごめんよ、ママン。でもママンも小百合先生に同じことを言われてたよね。だからきっと、僕の気持ちはわかってくれるよね。

「それでは、セイシキをはじめます」

姫宮の宣言がまるでカタカナ表記みたいに響く。勢いある言葉とは裏腹に、姫宮は、おずおずと僕の寝間着を脱がす。裸の上半身を前に、姫宮と僕の間に気恥ずかしい空気が流れる。姫宮は僕のセミヌードから眼をそらすように、ポットと平皿、タオルを枕元に並べる。姫宮の緩慢な動作を見ているとイライラするので、僕は眼をつむりベッドに横たわる。院内電話の呼び出し音にびくりとする。姫宮が受話器を取り上げる。相手を確認すると急に小声になる。

「私に外線ですか？……あ、はい、お電話代わりました。あ、こんにちは……いえ、特に……えっ、でもいくら何でもそれはちょっと……」

姫宮は、ちらちらと僕を盗み見た。僕は窓の外の景色を見ているふりをした。姫宮は受話器を手で覆い、小声で続ける。

「はい、はあ……そうですか。でも、あの、何とかしてみます」

姫宮は受話器を置くと、呆然《ぼうぜん》として、僕を眺める。それから、気を取り直したように、僕に向かって改めて宣言する。

「お待たせしました。それではセイシキを再開いたします」

何だろう、この台詞回し。「再開」という単語まで、あやうくカタカナで聞き取ってしまいそうになった。

僕は自分の中の違和感に眼をつむる。そして同時に本当に眼をつむる。とぽとぽとぽ、冴《さ》えない音。平皿に熱湯を注いでいるようだ。ぱさっという音はタオルをお湯に落として浸した音か。次に水を足す音が聞こえてくるはず。だが……予想ははずれた。

「きゃっ、熱い」

そりゃ熱いでしょ。薄めていないお湯に手をつっこめばね。心で相づちを打った次の瞬間、僕の胸は灼熱《しゃくねつ》の業火に焼かれた。

「あちぃ！」

僕の胸を勝手に、熱いタオルの臨時避難所にするな。タオルを払いのける手が熱湯入りの平皿に触れる。器から解き放たれたお湯が左胸に嚙《か》みつく。身体を起こすと、僕はバランスを崩してベッドから転げ落ちる。

右腕に激痛が再現される。その後を追い上半身に熱湯がしつこく絡みついてくる。

レントゲンフィルムをかざし、巖雄は言う。

「やれやれ。整復やり直し。せっかくくっつきかけていたのに。クソッタレめ。不運とは重なるものなんだな。整復は完璧《かんぺき》だったから、ゆるやかに固定したのが裏目に出るとは。おまけに前胸部はⅡ度の熱傷。範囲が広いから長引きそうだ。なあ、天馬君、君は何か、姫宮の恨みを買うようなことでもしたのか？」

冗談めかした巖雄の言葉が、あながち冗談にも聞こえない。人は知らないうちに他人を傷つけてしまうこともあるものなのだから。

巖雄は、にこやかな表情を入れ替えて、姫宮をじろりと睨《にら》む。

「今度やったら本当にクビ、だぞ」

低くドスを利かせた巌雄の言葉に姫宮は震え上がり、黙ってこくこくとうなずく。院長は包帯と添え木を外しながら説明を続ける。

「整復やり直し後、病棟で熱傷の手当てだな。明日になれば東城大から皮膚科の非常勤医がくるから、後の面倒はそいつにみてもらってくれ」

姫宮の小さな声がした。「本当にすみません……」

僕を殺すとしたらそれは絶対に姫宮だろう、という予感を、僕は再確認した。

無麻酔下整復に叫び声を上げる。ちくしょー、ばかやろう、と汚い言葉を思う存分吐き出し、やがて僕はぐったりした。それは、無責任なセックスの後の虚無感に似ていた。

巌雄は整復後、かっちりと寄生し、ギプス固定した。これまでの軽装の固定とは異なり、白い鉱物が僕の右腕にずっしりと寄生し、僕の世界の重心が、ちょっぴり右側にずれた。

固定後、部屋に戻るように指示された。さすがに巌雄も、今度は僕が車椅子で搬送されることに文句をつけなかった。代わりに監視団のように姫宮の後からついてきた。

その状況下で姫宮は、車椅子を押すという単純労働にがちがちに緊張していた。僕は、その姫宮より、さらに緊張していた。無事に部屋にたどり着いた時、姫宮は深々とため息をつき、僕は小さなガッツポーズをした。

鎮痛剤のせいでとろとろと意識が濁る。痛みはあるが、どことなく幸せ。付き添うと言い張る姫宮に席を外してもらい、僕は天井のシミを動物や人の顔に見立てて遊んでいた。

右腕には鋭角的な痛み。左前胸部には鈍角的な痛み。そして心はお花畑の中で丸くなる。

扉が開いた。半開きの扉から顔をつっ込み部屋を覗《のぞ》き込んだのは、すみれだった。くるくる回る瞳《ひとみ》が戸惑いと好奇心の間を行き来している。しばらく僕を見つめていたが、僕の視線に気がつくと朗らかに笑った。

「災難だったわね。天馬君は姫宮惨劇《クライシス》の生贄《いけにえ》の子羊だったのか」

姫宮がすみれの後ろから包交車と共に入室する。僕は緊張する。

「はは。大丈夫。そんなに心配しないで、後は私がやるからね」

手早く胸に当てたガーゼを外す。

「広範囲ね。しかも部分的に水疱《すいほう》形成あり。水疱を破くかどうかの判断は皮膚科の先生にお任せしましょう。親父はそうしろって言ってたでしょ?」

僕はうなずく。

「親父はあの先生を直接見てないから、そういう無責任な指示を出せるんだよなあ。ウワサだと相当なタマらしいんだけど。いいのかなあ。知らないっと」

喋《しゃべ》りながらもすみれの手は的確に動く。動作は安定し、僕は安心して他人に自分の身体を委《ゆだ》ねる。

「これでよし。今夜はあまり動かないように。水疱が潰《つぶ》れちゃうからね。まあ、潰れても問題ないと思うけど。主治医はあたしだから、何かあったら遠慮なく言ってね」

「ではまずご挨拶《あいさつ》から。社長、今後のご指導よろしくお願いします」

すみれはきょとんとした。僕は続けた。

「わたくし天馬大吉は、先ほどすみれ・エンタープライズに入社いたしました」

入社報告を終えると、すみれは破顔した。ちらりと姫宮を見る。

「そうか、通常手続きだもんね。杓子《しゃくし》定規の小百合・姫宮コンビならやりかねないわ」

姫宮はうつむき加減で答える。

「私、新入院手続きは初めてで、小百合先生の指示に従いました」

「それなら仕方ないわね。いかにも小百合らしいけど」

すみれは肩をすくめる。思い出したように姫宮に指示を出す。

「姫宮ちゃん、ソフラチュール持ってきて」

姫宮はこくんとうなずくと、部屋を出ていく。ドアが閉まり、とたとた、と足音が遠ざかる。それにしても、なぜ姫宮の足音はああも不揃いなのだろう。それを見届けてから、すみれは僕に顔を寄せてきた。薔薇《ばら》の香水の匂いがした。一瞬、どきんとする。

「ところで、ボランティアから正社員まで一気に駆け上がるという、不況下のシンデレラ・ボーイになったご感想はいかがかしら？」

モラトリアムを味わい尽くしたい僕としては、答える気にもならない愚問だ。そんな僕を見ながら、すみれは言う。

「あの二人、似てるでしょ」

は？

「小百合と姫宮よ。トロくて、融通が利かないくそまじめ。でも男って、そんな女が一途《いちず》で可愛い、なんて思っちゃうのよね」

はあ？？

「みてくれにダマされないでね。女は中身なんだから」

すみれは僕に向かってウインクをした。はは、と笑い声を上げる。部屋に華やかな灯《あか》りが灯《とも》る。姫宮がソフラチュールという感染防止ガーゼを手に戻る。すみれが言う。

「今日から晴れて天馬君もすみれ・エンタープライズの社員というわけね。早速天馬君にも働いてもらおう。それにしてもこの怪我は痛いわ。ボランティアで肉体労働に酷使しようという綿密なプログラムを作っておいたのに」

すみれの言葉を聞いて、僕は胸を撫《な》で下ろす。人間万事塞翁《さいおう》が馬、何が幸いするかわからない。すみれは僕を見つめて言う。

「正社員を遊ばせておくのも癪《しゃく》だし。でもその身体じゃ奉仕班や工芸班は無理だし、機密保持の観点から新入りは電脳班には配属できないし……どうしよう……」

すみれは、窓から見える海原に視線を投げかける。潮騒の音が二人の間に満ちていく。

やがてすみれは、僕を振り返る。

「そうだ、警護班がいい。うん、ぴったりね。我ながら、グッド・アイディア」

「警護班、ですか？　あの、僕、こう見えても、格闘技方面はからきしなんですけど」

右腕のギプスをやっとこさ持ち上げてみせた僕の顔を見て、すみれは大笑いする。

「バカね、怪我人に向かって不審者に身体を張って防御しろ、なんて言わないわ」

「それじゃあ一体、何をするんですか？」

すみれは立ち上がって、側に佇《たたず》んでいた姫宮に言う。

「姫宮ちゃん、あんたの大好きな車椅子を持ってきてちょうだい」

姫宮はぎこちなくうなずいて、とたとた、という足音と共に、姿を消す。

そしてすぐに、息せき切って折り畳み式の車椅子を小脇に抱えて戻ってきた。

「あんたって、力持ちねえ」

すみれは呟《つぶや》く。それから顎《あご》をしゃくって言う。

「ついてきて。桜宮病院の心臓部にご案内するから」


車椅子の僕を乗せたエレベーターは地下で止まった。扉が開く。左手には、東塔へと続く地下通路。すみれは右手にある扉を開いた。

暗闇の中、モノクロのモニタが五つ並んでいた。すみれはにっこり笑う。

「あまり大した仕事じゃないの。これは病院の出入りを監視するモニタよ。この病院はこのシステムを導入して、警備をサポートしているの。侵入者を防ぐシステムではない。病院はオープンスペースで、部外者を排斥できないから。だからせめて、出入りする人間のチェックをしている。犯罪統計によると、病院窃盗犯は何回か下見をすることが多いらしいのね。このシステムは、出入りした人の顔を自動抽出して画像として取得する。出入り口が限られているから、五ヵ所モニタすれば、出入りを完全に把握できるの」

僕はふと、錆《さ》びた窓枠の鉄格子を思い浮かべる。この病院の気密性は高そうだ。

「へえ、このコンピューターは何ですか？」

「人物画像を自動認識して、人の出入りをデータ化しているの。そうね、たとえば」

画像をクリックするとボックスが開き、写真画像が飛び出す。僕はぎょっとした。それは切り取られた僕の顔写真だった。

「あら、色男。このシステムによれば、天馬君が初めて桜宮病院を訪れたのは三日前、午前十時ジャスト。偉いわね、約束の時間通りだわ。あなたは東塔正面玄関から入ってきて、そして」

すみれはもう一度クリックした。今度は僕の後ろ姿が映し出される。

「病院を退出したのは、午前十一時四十五分」

僕はため息をつく。

「すごいですね。完璧だ」

すみれは笑う。

「こんなもの、無用の長物よ。ほとんどチェックしないもの。ただ一日の終わりに出入りが合わないと、警告メールが飛んでくる。それだけは有用かも。時々いるらしいわ。昼間のうちに忍び込んで、夜泥棒を働く輩《やから》がね」

すみれは画面を見ながら、クリックしてデータの削除を始めた。

「うっかりしてるとすぐにデータがたまっちゃうの。データ保存期間は一ヶ月。あーあ、二週間分もデリートし忘れているわ。ま、この程度の作業だけど、毎日やるのは結構面倒だから、この業務を天馬君にお願いしたい、というわけ」

うなずいたその時、何かが閃《ひらめ》いた。僕はそれを押し隠し、さりげなく質問する。

「たとえばすみれ先生は、病院に入ったきり出ていかない日もあるでしょうから、警告メールの対象になってしまいませんか？」

すみれは笑う。

「家族やスタッフは画像認識時に警告対象から自動的に除外されるの。そうしないと夜勤の看護師なんて、みんな不審者でしょ。これは新顔だけに作動するように設定されているのよ。ただし、その日出入りした人の顔写真は、家族であろうとスタッフであろうと、すべて写真データとしてハードディスクに落としてあるけど」

「それじゃあ、警告メールを放置したらどうなるんですか」

すみれは、なぜそんなことを尋ねるんだ、という疑問符を露わにしながら答える。

「別にどうもならないわよ。だって、所詮《しょせん》メールはメールだもの」

夕食は姫宮が介助してくれた。一度申し出を断って後悔した僕は、今度は素直に申し出を受けた。ひじきが膝《ひざ》にぶちまけられる、という想定内のささやかなアクシデントに見舞われたが、満足だった。

骨折の痛みより、前胸部の火傷《やけど》のひりひり感の方が辛《つら》かった。灯りが消され眼を閉じる。潮騒の音が部屋に溢《あふ》れる。はしゃぎすぎた海水浴の夜を思い出す。日焼けの痛みを我慢しながら花火をくるくる回すと、その光の輪の中では、父と母が微笑んでいる。縁側の奥から祖母が運んでくれた西瓜《すいか》にかぶりつく。硝煙の香りと夜の冷ややかさの記憶。眠りに落ちる瞬間、僕はちょっぴり幸せだった。

十四章　白鳥は舞い降りた

六月十九日　金曜日　雨　午前十一時半

窓の外は霧雨。朝食はハムエッグにパン。青シャツ沙悟浄、加代の作品だ。

「旨《うま》い。お袋の味がする」

不安そうに僕を見つめていた加代の表情が、ぱっと明るくなる。

「よく手抜きだって言われるけど、そんなことないでしょ」

「黄身の半熟加減が難しいんだよね。お袋が言ってた」

「そうなのよ。自分で作ったことがない人に価値はわからないの。あなた、若いのになかなかわかっているじゃない」

食後、朝の検温に姫宮がおそるおそるやってくる。

「昨晩はよく眠れましたか？」

「おかげさまで」

姫宮がびくりとする。嫌味に聞こえたようだ。明らかに神経過敏状態になっている。

「本当に何とお詫《わ》びすればいいか……」

「あなたのような美人に殺されるなら、僕も本望です」

姫宮は綺麗《きれい》な眼で、僕を睨《にら》む。

「私は絶対にあなたを死なせません。信じて下さい」

死なせはしないけど、一寸刻み五分試しでいたぶるつもりだろうか？　だが僕は、姫宮の真剣な表情を見て、出かかった軽口をひっこめる。

「朝の包帯交換は、皮膚科の白鳥先生にお願いしてあります。十時頃お見えになる予定ですから、お部屋で待っていて下さい」

僕は腕時計をしない。それは時間に無頓着《むとんちゃく》ということではない。腕時計をしないことで却《かえ》って時間には過敏になる。それは貧乏人がささやかな支出に敏感なのと似ている。腕時計をしないなんて社会人失格よ、と葉子にたしなめられたことがあるが、アポイントさえ守れば支障ないし、何より僕はモラトリアム真っ最中の落第医学生であって、社会人ではないので、葉子の指摘は気にならなかった。

腕時計は首輪だ。巻けば他人に自分の時間を縛られる。

桜宮病院の病棟には、掛け時計がなかった。事務室で見かけたくらいだ。この病院では時の流れというものはあまり意味をもたないのだろう。そんな病院で十時という明確な時間指定をされることは、思いのほか苦痛だった。どうみても約束の時間は過ぎている。それも十分や二十分でなく、一時間単位のズレだ。

不安になって廊下に出る。赤い孫悟空、美智が通りかかった。

「今、何時ですか？」

「昼飯前」

即答に思わず笑う。これが桜宮病院の中を流れる時間の単位なのだ。

小太りの男がおそるおそる部屋のドアを開けたのは、さらに三十分くらい過ぎた頃だった。それは昼飯前には違いなかった。確かにぎりぎりセーフ、ではあるが……。

「天馬、さん？」

僕はうなずく。コイツが非常勤の皮膚科医だろう。ちらりと男を見て僕はそこはかとない不安を感じた。白衣のボタンをきちんとかけてなくて小太りの腹がはみ出ているからといって、肩からぶらさげた聴診器の耳当てが片方とれているからといって、ここまであからさまな不安は感じない。ひとつ間違えば僕だって同じような恰好《かっこう》で病棟研修しかねないメンタリティだからよくわかる。では、なぜこんなに不安になるのだろうか。

それはアンラッキー・トルネードに巻き込まれやすい僕が発達させた、防衛本能に反応した不吉な何ものか、だった。僕の中で警戒音が鳴り響く。男は値踏みするかのように、ドアから顔をつっ込み、僕を見つめた。やがて、にっこり笑う。

「はじめまして。皮膚科の白鳥です。遅れてごめんなさいね。出がけに車がパンクしちゃって。仕方ないからタクシーで来たんです。あ、でも心配しないでね。タクシー券はたくさんあるんです。それにしても車なしだと、ここは不便ですね。まるで陸の孤島です」

そう言いながら、白鳥はずかずか部屋に入ってきた。別にコイツがタクシーを使おうがヘリコプターでやってこようが、僕が心配することではない、と思いながら白鳥を観察する。その胸には大切そうに、大判の写真集を抱えていた。

「それじゃ早速生傷を拝見しましょう。おーい姫宮、早く来い」

生傷って？　できそこないの医学生である僕でさえ、そんな表現は患者の前では使わないぞ、と思う。つい先ほど、僕の中に生まれ落ちた違和感が、次第に増幅されていく。

白鳥の呼びかけに、おずおずと姫宮が包交車を運び込む。ピンセットと膿盆《のうぼん》が触れ合う金属音が聞こえてくる。

「姫宮、こういう場合は水疱《すいほう》を破く方が治りが早いんだよね」

カチリ、とスイッチが入った音がした、ような気がした。姫宮の視線は虚空を彷徨《さまよ》う。

「文献によりますと、熱傷範囲が広範な場合、水疱は残した方がいいという意見が大勢です。これは教科書的にはほぼ決定事項です。感染のおそれがある場合等は水疱を破った方が治りが早いという症例報告もあります。総合しますと、水疱の状態、皮膚の状況及び周囲環境との兼ね合いによる相互関係で最終決定されます」

「つまりさ、この水疱は破いた方がいいの、破かない方がいいの？」

白鳥はイライラしたように貧乏揺すりを始める。

「文献報告量を判断基準に置きますと、この患者さんの傷に関しては水疱は破らない方がベター、という結論になるかと思います」

「本当にそう？　ま、文献検索の結果じゃ仕方ないか」

白鳥は黙ってイソジン消毒をはじめた。

「あっ」

二人同時に声を上げる。そして沈黙。

何だ、どうした？　三人の間に流れる気まずい沈黙。やがて白鳥が朗らかに言う。

「姫宮君、やっぱり君の文献検索は間違っていた。思い出したよ。こういう時水疱は破いた方が治りは断然早いんだ。うん、絶対間違いない」

コイツ、やったな。僕は心中密《ひそ》かに舌打ちした。

「あ、はい。そう、でした、かもしれません。すみません」

姫宮は謝るために生まれてきたのかもしれない。それにしてもこの二人、妙に息が合う。

「どうせ破けちゃったんだから、水疱の皮は全部とっちゃえ」

白鳥は、クーパーを摑《つか》む。胸元でじょきじょきと派手な音がする。

「あっ、それは……」

姫宮が言いかけた言葉を呑《の》み込む。実に、患者の精神衛生を悪化させるコンビだ。

「なになに？　言いかけてやめるのは、ウンコ途中でやめるのと同じで身体に悪いよ。言いたいことがあるならはっきり言えよ」

「文献には傷が乾くまでは皮膚は残した方が保護材の役割を果たすから望ましいとありま

した。皮膚を切除し感染防止シートや皮膚保護材でカバーしたケースとそうでないケースの治り方を比較した結果、前者の方では感染の発生頻度がはるかに高かった、と」

白鳥の手がぱたりと止まる。だが僕はしっかり数えていた。じょきじょきじょき。クーパーは四回、かみ合わせを終えていた。

「つまりそれは、水疱の皮膚は残した方がいい、っていうこと？」

姫宮はこっくりとうなずく。白鳥が厳かに言う。

「姫宮、ネット検索は万能ではないぞよ」

「出典は『正規皮膚科学』『皮膚学肝要』『皮膚科のコツと真髄』などの書籍です」

「ふうん、そう、あ、そうですか。それなら文献って言わずに、ちゃんと書籍って言えよ。文献と書籍では学問レベルが違うんだからさ。でも、ま、僕には僕の道がある。知らないのか、姫宮。僕は『皮膚病スーパーアトラス』に自分の皮膚科医療を捧《ささ》げているんだ」

「あの、『皮膚病スーパーアトラス』にも同様の記載が……確か六十八ページに」

白鳥は姫宮に背を向けて、がさがさとページをめくる。動作がぴたりと止まる。沈黙した白鳥は、おもむろに振り返る。

「『皮膚病スーパーアトラス』も情報が古くなったかな」

白鳥がきまり悪そうに言うと、姫宮はすかさず質問をする。

「そのお言葉は論理破綻《はたん》しています。私が読んだのは最近出版された改訂版の記載です。古いのはむしろ、白鳥先生のご記憶の方ではないか、と」

白鳥はげんなりした様子で姫宮を見る。

「本当に、姫宮のお口はよく動くなあ」

白鳥はぶつぶつと呟《つぶや》く。

「でも、僕が見た別の本にも、確かに書いてあったからなあ……」

「参考までにその書籍名をお教えいただけますか？　インプットしておきますから」

白鳥は虚空に視線を泳がせる。何かを考えているかのように見せかけることに固執しているだけのようにも見える。やがて、たった今思い出した、と言わんばかりに答える。

「知らないのか、姫宮。あの不朽の名著『家庭の医学』を」

姫宮は絶句し、フリーズした。さすがの姫宮検索エンジンも、一般医学書までは守備範囲に入ってはいなかったようだ。それにしても疾病の治療方針に関して医師と互角に議論する看護師なんて、生まれて初めて見た。恐るべき越権女王・姫宮を強引に一時制圧し、白鳥は直ちに戦線離脱をはかる。すたこらさっさ、というバックサウンドが聞こえて来そうな、いささかのためらいもない見事な撤退ぶりだ。

「ま、これ以上議論しても意味はない。だって破けちゃったんだもん」

白鳥は語尾をコギャルのように上げて言い放った。

無事、水疱の皮を切除できて安心した白鳥は『皮膚病スーパーアトラス』を開く。

「熱傷って生々しいねえ。えと、熱傷処置はゲーベンクリーム塗布、か」

口の中で何回か、もごもご確かめてから、姫宮に言う。

「おーい姫宮、ゲーベンクリーム」

言い終わらないうちに姫宮が、白いクリームをこってり載せた金属製のヘラを白鳥に突きつける。のけぞる白鳥。生クリームそっくりのゲーベンクリームを見つめて、白鳥は唾《つば》を呑む。やがて名残り惜しそうに、僕の傷にクリームを塗りたくり始める。その手際は妙に鮮やかだ。ずんぐりむっくりで小器用な白鳥と、スタイルはいいのに手際は滅茶苦茶悪い姫宮は正反対の組み合わせだ。この二人、実は意外に相性いいのかも。それはつまり、白鳥は絶対に射手座のO型ではない、ということだ。

白鳥は手早くガーゼを当てる。白鳥を花に喩《たと》えれば、臭いけれども薬草として役立つドクダミあたりか。ナルシスの化身、水仙より実用度ははるかに高い。

「いやあ、案ずるより産むが易し、だなあ」

白鳥の台詞《せりふ》には時々、理解に苦しむものがある。正確に言えば、僕の防衛本能が白鳥の言葉を理解することを徹底的に拒否しているかのようだ。僕は自分が基礎医学の学習段階で、臨床をほとんど知らないことを神に感謝した。わずかでも臨床医学を齧《かじ》っていたら、二人の会話に胃痛を感じていただろうという確信がある。

「それにしても天馬君て、すごいね」

「何が、ですか?」

「だって、外傷の万国博覧会みたいなんだもの。骨折でしょ、打撲でしょ、切り傷でしょ、挙げ句の果てに熱傷。ひと通り揃ってる。残っているのは脊髄《せきずい》損傷や、頭部外傷性出血くらいだもん。まるで僕の勉強のために揃えてくれたみたい」

縁起でもないことを。最後の言葉は聞き取れたが、全くもって、意味がわからない。そもそも〝僕の勉強のため〟って、一体何を言っているんだ、コイツ？

「これ、全部姫宮がやっちゃったわけだよね。本当にすごいのは実は姫宮なのかも」

隅で包帯をひっそりと片づけていた姫宮が、金属盆をがちゃっと落とした。

僕は白鳥が抱えている大判の『皮膚病スーパーアトラス』を指さした。

「立派な御本ですね」

「ああ、これね。商売道具だよ。患者に見せながら診断するんだ」

白鳥は嬉《うれ》しそうに『皮膚病スーパーアトラス』を僕の鼻先でひらひらさせた。そんなに堂々と見せびらかして問題ないのだろうか。それってカンニングじゃないの？

「あのう、その本を見ながら診察するんですか？」

「違います。『見ながら』じゃなくて、『見せながら』。天馬君、人の話は最後までよく聞こうね」

白鳥は逡巡《しゅんじゅん》なく、無邪気に答える。どこが違うのだろう。僕は率直に尋ねる。

「あのう、こういうのって、問題ないんですか？」

「問題って、何？」

上機嫌な白鳥の表情が微《かす》かに変わる。貧乏揺すりが始まる。

「だって、本の写真を見ながら診断するんでしょ？　患者さんは不安になりませんか？」

「だから『見ながら』じゃなくて『見せながら』だってば。何で不安になるの？」

「だって、アンチョコを見てるみたいじゃないですか」

白鳥は、貧乏揺すりと同期《シンクロ》するように、急に早口になる。

「アンチョコを見ちゃ悪いの？　どうして？　そう思うのは天馬君が世の中をよく知らないへナチョコ医学生だからだよ。いいかい、医者は誰でも陰ではアンチョコを見ながら診療しているんだ。僕はただ、物事の裏側に潜む真実を、正直に見せてあげているだけ。患者さまとは、心と心が通じ合えばノープロブレムだよ。そんなことも知らないなんて、天馬君って本当に医学生なの？」

白鳥に一気にまくし立てられて、僕は絶句する。こんなヤツ（もちろん下品な言い方だということは百も承知している。でもそれなら何て呼べばいいのだろう？）に、本当に医学生かとののしられてしまうなんて。深い精神的ダメージを受けた。それは白鳥の言葉が、僕の肺腑《はいふ》を的確に撃ち抜いてしまったからだ。

白鳥は急に憑《つ》きものが落ちたように、にこにこして僕の肩をぽんと叩《たた》く。

「どっちにしても、しばらくの間は、包帯交換を毎日行う必要があります。袖《そで》振り合うも他生の縁、仕方ないから僕が毎日来てあげますよ」

「いえ、あの、でも、白鳥先生もお忙しいでしょうから」

遠回しにご遠慮の返事をしたつもりだった。

「遠慮しないの。天馬君は今や立派な『患者さま』なんですから」

ああ、他人に自分の気持ちを正確に伝えることは何て難しいんだろう。隣では、姫宮までもが不安げに白鳥を見つめていた。

昼食後、僕は地下のモニタ室に向かう。足取りはぎくしゃくしていたが、それは右腕の石膏《せっこう》のギプスの重さのせいだ。一応正社員に格上げされたので、業務は忠実にこなそう、という義務感が強かった、なんちて。だがそれ以上に、僕には強い下心があった。モニタのモノクロの画面は動きがなく、昔見たことがあるSF映画の一場面を想起させた。核戦争で人類が滅びた後も、セキュリティ・システムだけが生き延びて、延々とモニタだけを映し続ける、というシュールな映画だ。

モニタ画面を確認した。東塔の正面入り口、側面の出入り口、それから本館の出入り口が二つ。そして広々としたホールに直結する、正面エントランス。この病院の出入り口は五ヵ所に限定されているようだ。よく見ると、少し離れた場所にもう一つモニタがあり、病院長室の扉を映し出していた。病院長室には部外者の出入りが多いから、チェック・システムとしては合理的な配置だ。

まずは業務の確認。昨日すみれが一括処理していたから、今日デリートする分は、一ヶ月前の一日分だ。僕はその領域を確認して、誰かが部屋を覗《のぞ》いたら、すぐその作業に取りかかれるように準備する。そして、極秘任務で狙った日付のデータをクリックした。

六月五日、金曜日。立花が桜宮病院訪問を最後に、失踪《しっそう》した日だ。

見慣れない顔写真が次々に姿を現す。五人目の画像の前で、僕はクリックを止めた。心臓の鼓動が一瞬高鳴る。立花だ。切れそうな眼をしたホストの兄ちゃん。偶然だろうが、立花の眼は監視カメラを真っ直ぐ睨《にら》みつけていた。

僕は画像をクリックした。こうすれば、監視カメラに引っかかった立花に関わる全画像が表示される。予想通り、もう一枚画像が立ち上がった。病院長室前のカメラが捉《とら》えた立花だ。今度は伏し目がちで、弱気な感じ。立花は、いかにもバクチが弱そうな三下に見えた。突っ張っているが、カモの匂いがぷんぷん漂う。僕は他の画像を待った。しかしそれきり、他の画像は立ち上がってこなかった。

僕は腕を組んで考え込む。それから、僕の初めての訪問日のデータをマウントしてみた。僕の顔をクリックすると、たちまち四枚の画像が表示された。時系列順に並べると、東塔正面からの入場、病院長室前、病院長室から退出、そして東塔玄関退出の四枚だ。念のため、結城にも、同様に表示してみる。やはり四枚の画像が表示される。どうやらシステムは正常に機能しているようだ。

これは一体どういうことだろう。残された立花の情報を素直に演繹《えんえき》してみると、結論は簡単だ。立花は、病院長室に入ったきり、出てきていないことになる。

僕は病院長室の佇《たたず》まいを思い出す。あの部屋に、そんなにも長い間、かくれんぼができるようなスペースなんてあっただろうか？

夕方、見舞客の来訪を告げられた。葉子に派遣された通信員を、僕は手ぐすねひいて待ち構えた。目下の関心事はこの怪我を労災と認定してもらえるかどうか、だった。バイトの立場は弱い。おまけにこの仕事には非合法の匂いがぷんぷん漂っている。常識的には労災認定は夢のまた夢。それでも何とかしてもらわないと、僕の財産が干からびてしまう。

扉が開き、見舞客が顔を見せた。思いもかけない相手に、思い切り肩透かしを喰《く》らう。

結城だった。なるほどこれなら部下に見舞いを伝言したい上司の思惑と、内部情報を知りたい依頼主の利害が一致して一石二鳥だ。その上、僕が労災のことを言い出すことも抑止している。結城は僕に下りた労災一時金を取り上げて、穏やかな口調でこう告げることだろう。「これで借金残高は九十六万二千円です」

結城の顔を見て、ミッションをこなせば百万円の借金を返済できるという当初の目的を、僕は改めて再認識した。

がぜんやる気になってきた。さすが葉子。無駄も無理もない適切かつ冷静な差配だ。もっとも、色気もないけれど……。

灰色のスーツをどんより着込んだ結城は、年代物の壁に、保護色のように溶け込む。深紅の薔薇《ばら》一輪が強烈な色彩のアクセントで、これがまた見事なほど結城には似合わない。

「別宮さんからのお見舞いです」

葉子にしては珍しい心遣い。一瞬、華緒の薔薇工房が脳裏をよぎる。

結城は声を潜めて尋ねた。

「いかがですか、ここは?」

「居心地は、悪くないです」

「天馬さんは強運ですからね。でも、気をつけて下さい。ここは相当ヤバいです。強運の天馬さんでさえ、ここまで痛めつけられてしまうわけですから……」

結城は、白く膨んだ僕の右腕を物珍しげに眺めながら、続けた。

「自分は臆病《おくびょう》者ですからさっきからずっと、冷や汗が止まりません。ところで善次の件は何か摑《つか》めましたか?」

「実は、少々気になることが……」

僕は手短に、桜宮病院の警備システムと、立花についての情報を結城に伝えた。結城の細い眼が不意に、闇夜の剃刀《かみそり》みたいに細く光る。びびった僕はさりげなく続けた。

「つまり、立花さんは病院長室の中に囚《とら》われている可能性がある、ということです」

「ばかな」

結城の呟《つぶや》きが空気を震わせ、それから考え込む。やがて、ぽつりと言う。

「どうやら善次は殺されてしまった、と考えるのが妥当でしょうね」

僕は結城を見つめた。

「なぜ? 何のために? 確かに立花さんはここを恐喝しようとしたはずだから、動機はある。でも初めて恐喝した時にいきなり殺してしまうなんて、通り魔じゃあるまいし、あり得ないことです」

一瞬、結城の顔が明るくなる。だが、すぐに暗く沈み込む。

「だとしたら、私の中でずっと鳴り続けている、この警戒音はどういうことでしょう」

それから顔を上げ、結城は僕を見て言う。

「病院長室から入ったまま出てこないという事実を説明するには、死体として運び出されてしまった、と考えるのが一番簡単で、合理的です」

僕はうなずく。それからゆっくり首を振る。

「それは無理なんです。ここでは画像監視システムが作動していて、すべての人の出入りが記録、保存されている。警告システムから除外されるスタッフやご家族も、画像は残されている。死体として病院を出ていく時は、棺桶《かんおけ》に必ず、警察関係者か葬儀屋が付き添います。非合法の死体の出入りが行われた形跡はないはずです」

「善次はまだ院内のどこかにいる、というんですか？」

僕はうなずいた。結城は黙り込んだ。

結城の視線が、あちこちうろついていることにふと気がついて、僕は尋ねた。

「どうされました？」

「花瓶はありませんか？」

「出窓に一輪挿しがありますけど」

花瓶に伸ばしかけた結城の指が、側に置いてあった小さな青い花をつまみ上げた。

「これは？」

アクリル製のブルーの耳飾り。僕はＣＴ室で入手した経緯を説明した。結城は耳飾りをためつすがめつ眺めていた。やがてぽつりと言う。

「これ、お借りしていいですか？」

「差し上げますよ。どうせ拾ったものですから」

「まあ、そういうわけにもいきません。とりあえず貸して下さい」

結城は手早く耳飾りをポケットに収めると、一輪挿しに薔薇を活《い》ける。生け花の師匠のような所作。僕は、労災の件を伝言で託す。結城は間違いなく伝えると約束した。

話すことがなくなった僕たちは、しばらくの間、窓の外の海を見ていた。雨の日は夕闇が濃い。

それじゃあ、と結城は腰を上げた。

結城を見送るために廊下に出ると、ポニーテールを揺らしながら車椅子を押している千花と鉢合わせした。すみれが心配そうに付き添っている。車椅子にはこほこほと咳《せ》き込む男。虚無の底を覗き込むような暗い眼。碧翠院の懐刀、加賀だった。加賀と結城の視線がぶつかる。真剣同士の一瞬の交錯、焦げ臭い香りが漂う。そこにすみれの視線が冷ややかにからみつく。

全員が同時に軽く会釈した。剣豪が本能的に半歩身を引き、互いに間合いを切った、という感じか。

加賀が率いる集団は、はす向かいの二三号室に姿を消した。閉まった扉を見つめていた結城は、僕に尋ねた。

「今の方、ご存じですか？」

「加賀さん、という方です。患者で同時に碧翠院の大番頭なんだそうです」

「加賀……あの男が碧翠院を仕切っているんですか……」

結城は腕を組んだ。視線は閉ざされた扉に注がれていた。


夕食を済ませると、すみれが部屋に入ってきた。

「さっきの人、知り合い？」

「ええ。ちょっとした知り合いです」

答えてから、ふと考える。僕と結城って、どういう知り合いなのだろう。スズメでの出会い、葉子との関わり、博徒としての技術。短期間にしては結城の多面性を垣間《かいま》見たと言えばその通りだが、一番肝心な結城の本業、病院を食い物にする企業舎弟という顔は、未《いま》だに見えない。いろいろ考えてみたが結局、債務者と債権者、というありきたりのラインにオチをつけた。ただし、これではすみれの疑問に対しては何ひとつ答えたことになっていない。

窓際に不自然な沈黙が漂う。気がつくと、すみれは夕闇に暗転した出窓を凝視していた。視線の先には葉子のお見舞いの、深紅の薔薇一輪。

「これはいつ？　どうして？　あたし、聞いてない……」

「この薔薇はさっきの方が言伝《ことづて》で持ってきてくれた見舞いですけど？」

ふっと空気が緩んだ。すみれは笑顔になった。

「何だ、そうかあ。てっきりあたしは……」

あからさまに薔薇から視線をそらし、すみれはくるりと向きを変える。

「ところでどうだった、皮膚科の白鳥先生は？」

「どうしたもこうしたもありませんよ。参りました」

午前中の出来事を説明しながら、改めて白鳥の滅茶苦茶さを再確認した。話の途中から、すみれは大爆笑の連続だった。

「最高ね。今度じっくりお話ししてみたいわ。碧翠院に出張してもらおうかしら。白鳥先生は桜宮病院の非常勤だから、碧翠院のあたしはなかなかお会いする機会がないのよね」

僕は、医学生らしい素朴な疑問をぶつけてみた。

「非常勤を頼むのなら、もっと他に必要な科があるんじゃないですか？　何でわざわざあんな先生を派遣してもらったんですか？」

すみれは黙り込んだ。やがて口を開く。

「『あんな先生』は言い得て妙ね。どうして『あんな先生』を雇ったかというと、しがらみが原因。物々交換、ともいうけど。それなら聞くけど、今のはすみれ・エンタープライズの一員としての質問かな、それとも現役医学生のボランティアとしての質問かな」

「両方、と答えておくのがいいんでしょうか。どちらの肩書きも、僕が本当にそうなのかと聞かれたら、胸を張って、そうだ、と答えることはできませんから」

すみれは明るい笑い声を上げる。

「正直ねえ。それじゃあ、現役医学生の天馬君の方に敬意を表し、ぎりぎりのすれすれまで教えてあげる。これは出血大サービスなんだからね」

すみれはパイプ椅子を枕元にひっぱってきて、腰を下ろす。綺麗《きれい》な脚をひらりと組む。

「現在の行政の原則は、経済効率が優先されているから、その裏で弱者の切り捨て作業が進行している。その原則を医療現場に適用すると、真っ先にヤリ玉にあげられるのが、終末期医療、救急医療、産婦人科や小児科、そして死亡時医学検索などの、金喰《く》い虫や縁の下の力持ち、という地味な部門なのよ」

すみれは、僕に尖《とが》った視線の切っ先を向ける。

「私がやろうとしていることは医療行政への挑戦よ。経済的観点から見れば、終末期患者を切り捨てるという官僚の方針は理に適《かな》っている。でも官僚は、その真の思惑を公表しない。これはひどい詐欺よ。だからあたしは三年前、終末期医療モデル『すみれ・エンタープライズ』を立ち上げ、この領域が経済的に成立することを証明した。父は反対したけど、邪魔はしなかった。だけど結局父の見通しの方が正しかったみたい」

窓の外、雨にけぶる水平線を見つめる。すみれの背中から怒りの炎が静かに立ち上る。

「従来の医療の枠組みで、終末期医療を含めた総合医療を経済的にかろうじて成立させていたのに、財政難を理由に霞ヶ関は枝葉をカットし始めた。官僚は現場を知らない。彼らが普段接している人たちは、彼らのシステムの中で利益を共有している医師たち。官僚にとっても居心地がいいの。そうしたパワー・メカニズムから外れた部分から、削られていく。そこにある事件が重なった。東城大学のバチスタ・スキャンダルよ」

東城大関係者、いや、日本医療に関わる人間であれば知らない者はいない大スキャンダル。関係者は事件に関して一様に口をつぐむ。その気持ちが実感できた。面と向かって改めて持ち出されると、僕のようなすっとぼけ医学生でさえ居心地の悪さにいたたまれなくなる。

どうやら僕にも東城大学医学部の一員だという帰属意識があるらしい。すみれは続けた。

「事件の影響で、東城大学医学部は存亡の危機に陥った。患者は激減し、大学病院初の倒産事例になるのではないか、と囁《ささや》かれていたわ。それでも腹黒い高階《たかしな》病院長のなりふり構わない差配の下、今日まで何とか持ちこたえている。しぶといものね」

世間を震撼《しんかん》させたバチスタ・スキャンダルで、東城大学医学部の高階病院長は一躍時の人になった。本来なら辞任して当然なのに、病院長の座に居座り、逆風を利用し逆に権力を強化した。焼け太りのタヌキ病院長と陰口をたたかれながらも、飽くなき権力志向で周囲に腐臭をまき散らし続けている。田端からのアングラ情報だ。

「東城大はうまくしのいだけど、余波は周囲に及んだ。特にうちは直接荒波を受けた。東城大は、桜宮病院を格下のサテライト病院として使ってきた。あたしが目指す地域医療の再構築の枠組みには、その流れが組み込まれていた。ところが、患者数が激減した東城大は突然、その流れを断ち切って、終末期患者のケアも始めた。その上、あたしが枠組みを作った桜宮方式をそのまま取り込み、大々的に宣伝した。おかげで桜宮病院の経営は大打撃を受けた」

僕は素直な疑問を口にする。

「でも終末期医療は、やればやるほど赤字になるんでしょう？　どうして東城大がわざわざ手を出してくるんですか」

すみれは肩をすくめて、答える。

「それでも、空きベッドよりずっとマシ。特に大学病院のような大規模施設では、ね」

すみれは、僕を挑発するように胸を張り、続けた。

「もう黙っていられない。東城大に研修に行くのも、桜宮の重要性と過去の貢献を認知させるため。医局改革で人員削減され猫の手も借りたい大学は、私の希望を聞き入れた。でも高階病院長は抜け目ない。あたしを受け容《い》れるかわりに、看護師と非常勤医の受け容れを逆要請してきた。看護師はすぐ受け、医師は引き延ばしてきたけれど限界で先日ついに受け容れた。そしてやってきたのが、白鳥先生よ。要は大学病院の人件費の肩代わり。立場の弱い桜宮は派遣されてくる医師には注文をつけられない。外科か内科を希望したのに、皮膚科を寄越すなんて予想以上のえげつなさだった」

「失礼な話ですね」

僕はすみれに同情し、憤慨した。自分の属する組織ながらも、傲慢《ごうまん》さは目に余る。

僕の言葉に、すみれは眼をぱちくりさせた。

「あら、天馬君たら、あたしの言ったこと、丸ごと全部信じちゃった？」

「え？　ウソだったんですか、今の話？」

すみれは人差し指を立てて左右に振って、ちちち、と舌打ちをする。

「ううん、全部本当よ。でも天馬君ならきっと、鋭いツッコミをするんじゃないかと、どきどきしながら待っていたのに」

「すみれ先生のことは、信じていますから」

「ま、そう言われれば嬉《うれ》しいけどさ」

すみれは投げ出すように言う。

「……言わないことや言えないことだって、いっぱいあるのよ。それから、尋ねて欲しいと思うこともね」

僕は首をひねる。それから、小声で尋ねる。

「教えていただけませんか、すみれ先生が今、何を考えていらっしゃるのか」

すみれは嬉しそうに答えた。

「うん、それでよし。あたしは天馬君にそう言ってもらいたかったの。そしたらあたしはこう答える。あなたにだけは言えないの。だってあなたは、東城大学から派遣された二重スパイなんですもの。なんてね」

すみれの言葉は、僕の胸を撃ち抜いた。すみれは綺麗な眼をして笑う。

「相手の言葉を百パーセント信じるということは、その人に関心がないのと同じことよ」

すみれの視線は僕をすり抜け、遠くを見ていた。まるで僕ではない誰かの姿をそこに見ているかのように。

すみれは、気を取り直したかのように笑顔を更新する。

「気が変わった。やっぱり天馬君には特別に、本当のことを教えてあげる。さっきの話は表向き。あたしは今、東城大との前哨戦《ぜんしょうせん》の真っ最中。喰うか喰われるか、のっぴきならない瀬戸際にきている。物量戦では敵《かな》わないけど、あたしは最後まで諦《あきら》めない。現代の戦争は情報戦がメイン。小さいところにはそれなりの闘い方がある」

すみれは僕を見つめる。僕はその視線の行き先を見つめ、心の底の疑問を吐き出した。

「どうしてすみれ先生が、そこまでうちの大学を目の敵にするのか、よくわかりません」

すみれは微笑んだ。

「そうでしょうね。でもそれは、想像力の欠如なの」

「何をおっしゃっているのか、全然わからないんですが」

僕が反感を隠さずに言うと、すみれも真顔で答える。

「ひとりひとりの患者の顔が見えてきた時に、同じセリフを吐けるかしら。あの三原色トリオはみんな、東城大学からここに回されてきたのよ。紋切り型の治療を行い、再発したら知らんぷり。それで医療と言えるのかしら。彼女たちの紹介状にはこう書いてあった」

すみれは咳払《せきばら》いをして、低い声で言う。

「本患者は、癌末期にて余命一ヶ月程度と思われます。貴院でのケアを希望しています。何卒《なにとぞ》、よろしくお願い申し上げます」

それから僕の顔を真っ直ぐにみる。

「大嘘よ。話を聞いたら、彼女たちは転院は希望していなかった。何が、何卒、よ。治療サマリーもいい加減、治療歴を問い合わせても梨のつぶて。患者が亡くなって報告の手紙を送っても、返信一つよこさない」

すみれは僕の眼の奥の底を覗《のぞ》き込む。

「そんな病院が患者のためになると思う？　あたしが心血注いで築き上げた終末期医療システムの一部だけ都合よく、そんな所で使われてしまうなんて耐えられないわ」

突きつけられた刃を、僕は受け止めきれなかった。すみれは、とどめを刺すように言う。

「ねえ、よくない病院は淘汰《とうた》された方が患者さんのためだと思わない？」

すみれは僕を見つめた。それから僕に囁く。

「でも、あたしは嬉しいの。天馬君がすみれ・エンタープライズの一員になってくれたのは、あたしのために母校を裏切ることを引き受けてくれたんだから」

僕はどぎまぎした。僕は東城大のスパイではないが、別の組織から派遣された諜報《ちょうほう》部員なのだから。すみれに誠実でありたくて、僕はこう答えた。

「僕は、東城大のスパイなんかではありません」

人を騙《だま》す術をひとつ覚えた。すみれは言う。

「いいのよ、無理しなくて。わかっている。天馬君はいつか裏切って、あたしを打ち砕く。でもお願いだから、今は黙ってて。ささやかな感謝の気持ちと、困難な任務に就く兵士に敬意を表したいの」

すみれの眼が僕に近づいてくる。僕の中に、温かく柔らかい感触と共に軟体動物が侵入してきた。僕は眼を閉じる。すみれが僕を抱きしめた。ふと、感触が消えた。

眼を開けると、すみれの後ろ姿が見えた。振り返らず右手をあげてひらひらさせる。

「おやすみ、天馬クン。よい夢を」

扉が閉まり、部屋は暗闇に閉ざされる。潮騒が部屋に満ちていく。僕は左手で濡《ぬ》れた唇にそっと触れた。

十五章　プリンセス・ターミネーター

六月二十日　土曜日　曇　午前八時

僕が桜宮病院の調査を無理矢理押しつけられてから、早いもので今日で一週間になる。思い返せば怒濤《どとう》の一週間だった。

配膳《はいぜん》係のポニーテール・千花は、昨日僕と廊下ですれ違った時からずっと僕の状態に興味津々だったらしい。何しろ四日前、ぴんぴんした健康人として、ボランティア参加を表明したのに、翌日から姿を消したと思ったら、頭のてっぺんと前胸部は包帯でぐるぐる巻き、右腕は石膏《せっこう》で固められ、その上あちこちに湿布をぺたぺた張り付けられたミイラ男として再会したのだから。誰だって好奇心くらい持つだろう。

僕が経緯を説明すると、千花は言う。

「姫宮さんは碧翠院でもウワサの有名人だったわ。杏子のアングラ情報では、ターミネーターと呼ばれていて、評判はすごく悪いの。いつもどこかをふらふらしていて、用事を頼もうとしてもなかなかつかまらないし、頼みもしないことをやってはその場を滅茶苦茶にするしで、小百合先生は激怒してる。東城大の花形、ＩＣＵ病棟からの紹介だから期待されていたんだけど、ポンコツを押しつけられたって、小百合先生は完全にキレてる。信じられないわよね。あんなトロくてICUが務まるのかしら。もっともICUでは、ミス・ドミノと呼ばれていたらしいけど。確かによく見るとかわいいんですけど」

千花はひどい誤解をしている。ミスは失敗《ミス》のことだし、ドミノはドミノ倒しだろう。僕がうなずくのを見て、千花は続けた。

「ここだけの話、姫宮さんの受け持ち患者は一週間以内に亡くなるというウワサもあるの」

その気の毒な受け持ち患者が目の前にいることに気づかずに千花は、無邪気に話を続ける。僕は妙に納得する。ウワサは時に真実を映す鏡だ。ウワサが真実であるならば、僕の寿命はあと三日。命短し、恋せよ乙女。

「実は私、本館に移ったんです。二一号室。お暇なら遊びに来てね」

そうだった。あまりに元気でスタッフ然としてるので忘れていたが、千花も僕と同じ、この病院の患者だった。

「そういえば昨日は、加賀さんとご一緒でしたね」

「加賀さんは二三号室です。根岸さんも一緒。二五号室よ」

「これでは碧翠院には、ほとんど誰も残っていないじゃないですか」

「そう。後は残務処理をしてる杏子だけ」

千花は碧翠院の閉鎖を匂わせた。何かが起こっている気配が濃厚に漂ってくる。

窓の外には、黒雲がどんより垂れ込めていた。その雲の下、海原が鈍色《にびいろ》に光る。

小百合の朝の回診。姫宮がおずおずと従う。ターミネーター、という言葉を聞いた後だと、その動きがメカニカルに見えてしまう。小百合は僕と眼を合わせるのを避けている。勘がいい女性だから、ゆうべのすみれとの出来事を感じ取っているのかも、と邪推をしてみる。小百合は機械的に尋ねる。

「痛みはありませんか？」

「朝起きると、少し痛みます」

「痛み止めを打っておきましょう。姫宮さん、注射器《シリンジ》持ってきて」

姫宮はうなずくと、そろそろと後ずさる。ドアが閉まり、とたとたた、と駆け出す音がした。ぎくしゃくした動作の残像に不安が増大する。大丈夫か、姫宮？

……予感的中。足音が近づくと、あっ、と小さな悲鳴が聞こえ、続いて硝子《ガラス》の砕ける音がした。舌打ちした小百合が病室の扉を開く。

口に手を当てて、眼を大きく見開いた姫宮が立ちすくんでいた。足元にはきらきら光る硝子のかけらと、だらしなくひろがった透明な液体がぬめぬめと拡散していた。

「このクスリの後始末は大変なのよ。本当にどうしようもないドジね」

吐き捨てるように小百合が言う。

「すみません」……すっかり耳慣れてしまった姫宮の決まり文句。

「謝ってもどうにもならないわよ。土曜日は薬剤師さんはお休みだから、調合し直してもらうわけにもいかないし」

小百合は僕に言う。

「ごめんなさい。そんなわけで痛み止めは我慢して下さるかしら」

僕はうなずく。どうして他の薬で代用しないのだろう、という疑問が胸をよぎった。

——姫宮さんが受け持つ患者は一週間以内に亡くなるのよ。

千花の言葉がリアルに甦《よみがえ》る。僕は腕の傷の疼《うず》きと、微《かす》かな吐き気を覚えた。

食後、白鳥が休日回診に現れた。消毒、包帯交換など手際よく処置する。その手技は軽妙洒脱《しゃだつ》、とても軽やかだ。喉《のど》が渇いた、と呟《つぶや》けば、即座に枕元にあるミネラルウォーターのボトルをさし出してくる。その上、蓋《ふた》まで開けてくれているという甲斐甲斐《かいがい》しさだ。隣で姫宮が、ぬぼっとつっ立っているのと、実に好対照だった。

「ところで天馬君は、小百合先生とすみれ先生のどっちの方が好き？」

唐突な白鳥の質問に、口に含んでいた水を吹き出しそうになる。小学生か、お前は。わざわざ休日出勤してくれた感謝の気持ちがいっぺんに吹き飛ぶ。白鳥はちらりと姫宮を見て続ける。

「姫宮がうるさくってさ。どうも天馬君のことが気になるみたいなんだ」

「白鳥先生！」

白鳥の後ろに身を隠していた姫宮が真っ赤になって抗議する。

「私、そんなこと一言も言っていないじゃないですか」

「照れなくてもいいさあ。女子高生じゃないんだから」

姫宮は横目で白鳥を睨《にら》みながら、あわてて僕に向かって言う。

「私は天馬さんには、申し訳なく思ってるだけです。今朝も、本当にすみませんでした」

そんなに力一杯否定しなくても……僕はがっかりした。白鳥がにこやかに言う。

「同情が愛情に、ってやつなんだよ、姫宮。そんなつれない言い方しても、天馬君の介助のため、わざわざ休日出勤するんだから、君の気持ちはバレバレさ」

姫宮は唖然《あぜん》とした表情で白鳥を見た。

「な、何おっしゃっているんですか。私は月曜日にお休みをいただく予定ですから、代わりに今日出勤しただけです」

白鳥の、ま、ま、という受け流しにあって、姫宮の語尾はあやふやに溶けていく。

白鳥の回診後も、姫宮から受けた大小色とりどりの衝撃のせいで、僕は床に臥《ふ》せっていた。きっぱりした否定から受けた小さな心の傷、白鳥の言葉から誘導された、ひょっとして好意を持たれているかもしれないという淡い期待とそれを縁取る誇大妄想。振れ幅が大きいことよりも、プラスとマイナスが混じっている状態が精神衛生上よろしくない。

僕は、気晴らしに千花を訪問しようと考えた。

十六章　白鳥皮膚科医院

六月二十日　土曜日　曇　午後一時

本館病棟は真ん中が吹き抜けで、二階から一階を見下ろせる。二階廊下にいた僕は、何気なく一階を見下ろす。一階の片隅に人が集まっていた。よく見ると、三原色の西遊記トリオもいる。人々の塊の中心には、小太りの白衣が見えた。白鳥だ。

一体何をやっているのだろう。好奇心にかられて、階段を下りていく。

「さあさあ、あわてなくても、ちゃんとみんな診てあげるから並んで。順番、順番」

見回すと、テーブル周囲には桜宮病院のスタッフ兼患者が勢揃いしていた。千花が加賀の車椅子を押している。加賀の咳《せき》がフロアに響く。本当の病人は加賀だけなのかもしれない、という気がしてきた。白鳥は、集まった人たちをぐるりと見渡す。それからおもむろに『皮膚病スーパーアトラス』を開いて写真を見せながら宣言する。

「それではみっちゃんは図35、エントリーナンバー23、尋常性疣贅《ゆうぜい》、に決定します」

「異議あり！」

青シャツ沙悟浄の加代が言う。

「こっちの方が絶対似てるわ」

「そうじゃそうじゃ。美智がそんなかっこいい名前の病気である筈《はず》はねえ。美智なんか、これで充分じゃ」

黄色い猪八戒、トクが指さしたのは伝染性軟属腫《なんぞくしゅ》、いわゆるミズイボだ。孫悟空の美智は鼻先で笑う。

「ワシは構わん。こっちも名前はかっこいい」

「あ、いかん、本当じゃ。ミズイボって字が見えたもんだから、つい……」

「ワシはどっちでもええ。すごい病気にかかっておることに変わりないからな」

「どっちでもいいってのは僕が困るな。そうだ、よければ、両方の病気にしようか」

美智の顔がぱあっと明るくなる。

「ほんとか？　ほんとにそうしてくれるのか？」

すかさずトクからクレームがつけられた。

「反則じゃ。美智ばっかりいっぱい病気になったら、他の連中が困るだろ。一人だけ贔屓《ひいき》するなんて、お前それでも医者か」

つっこむところがとんでもなくズレている。白鳥は肩をすくめる。

「ごもっともなご意見なので、ダブル・トッピング案は却下します。よく見たら、治療薬も全然違うし。それじゃあ、みっちゃん、どっちにする？」

美智は二枚の写真を交互に見て、真剣に検討し、勢い良く片方を指さす。「こっち！」

「伝染性軟属腫ね。それでいいの？　実態はミズイボと同じだけど、後悔しない？」

美智はこっくりする。決心は固いようだ。それにしても、後悔する事態って何だろう。

「本に書いてある通りにお薬だすからね。僕とみっちゃんが二人で決めたことだから、文句はいわないこと。あと、お薬を塗って症状がひどくなったら、すぐお薬中止、看護師さんに報告。これだけは守ってね」

白鳥は小指を差し出す。

「指切りげんまん、具合悪くなっても文句言わない、指切った。おーい姫宮、処方箋《しょほうせん》持ってきて」

遠くで様子を見守っていた姫宮はぴょんとはねると奥に消え、処方箋一式を持って駆け戻ってきた。投げられたボールをくわえた犬みたいだ。姫宮ならさしずめシェパード。白鳥は薬の名前を書きあげると、ひょいと姫宮に投げる。うぉん。姫宮は処方箋をくわえ、じゃなくて、小脇にはさんで、とたとたと駆け出す。

「こういうのをインフォームド・コンセントって言うのさ。患者さんとお医者さんがお互い納得してから治療を始めるっていう、最先端医療なんだよ」

おお、と西遊記の三婆が感心してどよめく。だが僕は白鳥の言葉に納得がいかず、首をひねる。どこかが違う。絶対そんなはずはない。落第医学生の僕ですら、そう思った。これでいいならひょっとして、僕なんかでも医者になれるかも。僕は自分の考えにぎょっとする。医学生なんだから、医者になれて当たり前だろ。

ここに来て以来、僕の地軸は狂いっぱなしだ。

トクはケラトアカントーマという、どう見ても、自分の皮膚病とは似ても似つかない写真を指さし、その病名をつけろと白鳥に詰め寄る。白鳥は首を振る。

「それは癌の一種だから、ダメ。さすがに癌は話し合いでは決められないんだ。細胞を取ってきて、顕微鏡で観察しなければならない。トクさんだって痛いことはイヤでしょ。僕が診断してもいいのは放っておいても死なない病気だけ、危ない病気だと思ったら他の先生を呼ぶ。そういう約束なんだ。だからその希望は却下」

猪八戒、トクはがっくりと肩を落とす。トクを慰めるように、白鳥が言う。

「どうしてみんな、でっぱりクンが好きなのかなあ。トクさんのは平べったくて赤いじゃないか。それなら、これなんてどう？　尋常性紅斑《こうはん》なんて、カッコいいよ」

トクは白鳥の提案に、見向きもしない。

「いやじゃ。このでっぱった、ケラケラ何とか、っていうのがいいんじゃ」

白鳥はため息をついた。その様子を見て、赤い孫悟空、美智が勝ち誇ったように足を踏みならす。膨隆した皮膚を見せびらかし、得意気に言う。

「デンセンセーナンゾクシュ、でございます」

トクが悔しげに美智を睨《にら》みつける。それにしても、白鳥の話は理解し難い。僕が医学部の劣等生だから、というわけでは絶対にない、と思う。

一階フロアに臨時開業した白鳥皮膚科医院はその後も満員御礼、大繁盛だった。冷徹な加賀まで、顎《あご》の傷を手術で消せるのか、などと大真面目に相談している。本を見ながら患者と医者が一緒になって、これがそうだ、いや先生それは違うよ、なんてやり取りを聞いていると、僕の医療常識が音をたてて崩壊していく。衆人環視の中での白鳥の診断は、筑《つく》波山《ばさん》のガマの油売りの口上そのもの、まるで病気のたたき売りだ。個人のプライバシーなんてあったもんじゃない。だけど同時に、白鳥の以前の言葉に深く納得する。

——確かにこれなら、本を『見ながら』ではなく、『見せながら』診断しているよな。

白鳥のたわけた表現は、実は正確だった。

大道芸ばりの白鳥の診察を眺めていたら、肩を叩《たた》かれた。振り返ると、すみれが微笑んでいた。

「確かに、ぶっ飛んでいる、としか形容のしようがないわね」

あ、すみれ先生だ、という声にみんな振り返る。つられて白鳥も顔を上げた。すみれと白鳥の眼が合う。白鳥は立ち上がり、丁寧なお辞儀をする。

「碧翠院のすみれ先生ですか。はじめまして、私、先日からこちらにお世話になっている皮膚科の白鳥と申します」

僕は気がついていたが、改めてよく見るとかなり礼儀正しいんだ、コイツ。

「はじめまして。遠く離れた碧翠院でも、白鳥先生のおウワサで持ちきりでした。スターにお目にかかれて光栄だわ」

「いやいや、私なんて、まだまだ半人前です」

「自覚症状はあるのね。これって、東城大の先端的な実験医療？」

すみれは白鳥を挑発する。白鳥は胸を張る。

「僕が自己防衛を兼ねて編み出した、白鳥式皮膚科診療術です」

「こんなやり方していて、文句が出たことない？」

「キャリアが浅いので、まだ本格的な抗議はないですね」

「じゃあ、これが初めてのクレームになるわね」

白鳥はすみれを見つめる。

「すみれ先生は、僕のやり方にクレームをつけるんですか？」

「当たり前よ。何ひとつなってないわ。診断時における医師としての責任放棄、薬の処方の決定法の錯誤《さくご》、患者への説明態度の不真面目さ、個人情報に関する守秘義務違反。何もかもが一切合財配慮されていない。はっきり言って滅茶苦茶よ。医師失格だわ」

なるほど、おっしゃる通りかも、と白鳥は呟《つぶや》く。

「……でも、僕はここの方針に忠実に従っただけなのに」

悔しげな白鳥の呟きを、すみれが聞きとがめる。

「あら、そんなこと、一体いつ、誰が、先生にお教えしたのかしら」

「お忘れですか？　患者にジャスト・フィットする医療、というキャッチ・コピーですよ。

二ヶ月前の東都日報の取材にすみれ先生が答えてますよ」

「忘れてた。よくチェックしてたわね。でもそれは医療の大前提を守った上の話よ」

「では碧翠院と桜宮病院は、現在の医療原則に忠実に従っているというのですか？」

「当たり前じゃない。あなた、喧嘩《けんか》を売ってるの？」

「すみれ先生のおっしゃる通りならいいんですけど、必ずしも言行は一致してませんね。たとえばプライバシーの話では、ここは共同体を構築しているから家族的性格が強い施設で、みなさん他の患者さんの病名をご存じです。介護の一端を背負う医療スタッフでもあるんですから当たり前。だけどそれはこの病院には患者のプライバシーは存在しません。それって医療原則から外れていませんか？　そんな世界で、どうして僕の診療だけが世の中の枠組みを遵守しなければならないんです？　深刻な病気に関する深々度の情報は共有してるのに、おできの病名は隠せ、だなんて変だと思いませんか？」

すみれは白鳥の反撃に一瞬ひるんだが、すぐに嚙《か》みつき返す。

「あなたのインフォームド・コンセントのやり方は、滅茶苦茶すぎる」

白鳥はうっすら笑う。

「インフォームド・コンセントは、最終的には医者と患者双方の納得が、正しい診断と理に適《かな》った処置に優先するという考えに行き着くんです。互いに納得すれば、真実なんてどうでもいい。おまじない医療の最前線。ま、その程度のことですよ」

「そんな考え方、倫理的に大問題よ」

白鳥は歌うように続ける。

「そりゃ、そうでしょう。だって、倫理とインフォームド・コンセントは仲良しこよし。どっちも何にも決められなーい」

唖然《あぜん》として、白鳥を見つめるすみれ。その視線はまるで異次元空間の異生物を見るようだった。僕は、すみれが激怒するのではないかと、はらはらした。

意外にも、すみれは話を変えた。

「白鳥先生は出身大学はどちら？」

「天下の桜華女子医大出身のすみれ先生の前では、恥ずかしくて言えません」

「へえ、驚いた。白鳥先生にも、恥ずかしいと思うようなことがあったのね。でも、東城大学じゃないことは確かね。東城大医学部皮膚科学教室に入局したのは三ヶ月前だけど、医局の人間は、あなたのことを誰も知らない」

「よく調べていますね。さすが、週に二日も大学で研修しているだけのことはあります。実は僕はこのあたりで開業しようと思っていて、その前にハクをつけるため、親父のコネで東城大学に入局させてもらった幽霊医局員です。親父と高階病院長が懇意でして」

「神経内科の情報通、兵藤《ひょうどう》先生でさえ、あなたのことは全然知らなかったわ」

「兵藤先生は頭が固いからなあ。見え方が変わると、わからなくなっちゃうんです。皮膚科の白鳥じゃなくて質問の仕方を変えれば、案外答えは簡単に出るかもしれませんよ」

「何言ってんだか、さっぱりわかんないわ」

すみれが呟く。白鳥はすみれに笑いかける。

「僕も、すみれ先生に伺いたいことがあります。すみれ先生は二ヶ月前から研修日を週二日に増やしているのに、神経内科の医局ではお姿をほとんどお見かけしないという評判です。たまに見かけると、よその病棟の看護師からウワサ話を聞き出そうとしていたり。評判が芳しくないのは、僕とトントン、いい勝負ですよ」

「あんたなんかと一緒にしないで」

「それは、医局に顔出しはしないけどやるべきことをやっている、と言う意味ですか。それって一体全体、どういうことなんでしょうか」

すみれと白鳥とは睨《にら》み合う。と、白鳥がへにゃっと笑った。

「僕たちって似てますね。多分、僕はすみれ先生と同じことをしてるんです」

「冗談じゃない。口のきき方に気をつけなさいよ。ここでの評判が大学病院へ逆流しないと思っていたら大間違いよ」

すみれは強気な言葉を吐く。虚勢の匂いが微《かす》かに漂う。

「ご忠告ありがとうございます。今のご忠告、そっくりそのままお返しします。すみれ先生も注意された方がいいですよ。何しろ東城大では碧翠院のわがままバイオレットのウワサで持ちきりで、戦々兢々《きょうきょう》としています。本当の狙いは何だろうって、ね」

すみれはからりと笑う。

「別に隠してないわ。誰も質問しないから答える機会がなかっただけ。あたしが東城大に潜入したのは、これから始まる全面戦争に役立つ情報収集のため。最終的な狙いはただひとつ、東城大をぶっつぶし桜宮をもり立てる。どう、わかりやすいでしょ？」

「Bravo《ブラヴォー》！　大した肝の据わりようだ。さすが緑の園のジャンヌ・ダルクだけのことはある」

「何よ、それ」

すみれは鼻白む。白鳥は続ける。

「碧翠院には、自分の姿を映す湖がないんですね。すみれ先生はあちこちでそう呼ばれているんですよ。何しろあなたは目立ちますから」

「本当に口が減らないヤツね。東城大の品位も地に堕《お》ちたものだわ」

「そりゃね、お上品な田口《たぐち》センセと比べられたら僕もたまりません」

すみれは虚を衝《つ》かれたように白鳥を見た。声が掠《かす》れる。

「何のこと？」

「気にしないで下さいね。すみれ先生が愚痴外来に入り浸って田口先生に言い寄っているという、ほんのささやかなウワサですから」

田口って誰だ？　僕の胸は微かにざわめく。

「ここの患者に関して相談に乗ってもらっただけ。下司《げす》の勘ぐりはやめて」

すみれの唇が震える。白鳥はへらへら笑う。

「僕に言っても無駄ですよ。ウワサしているのは東城大の人たちですから。発信元は兵藤先生。ご心配には及びません。何しろ今日び女子高生だってもっとサバけてます。ムキになったら却《かえ》って怪しまれますよ。でもその様子だと、案外図星だったりして……」

白鳥の語尾は、華々しいすみれの平手打ちの音で封じられた。打たれた頬を押さえ、傾いた首をそのままに、白鳥はぽかんと口を開け、すみれを見つめた。

「いい加減になさい」

凛《りん》とした声が響く。振り返ると、深紅の薔薇《ばら》を手にした小百合が立っていた。

「すみれ、白鳥先生に対する非礼をお詫《わ》びしなさい。白鳥先生は桜宮病院にわざわざ来て下さっているの。ここは碧翠院ではないのよ。あんたには何の権限もないわ」

すみれは小さく舌打ちをした。白衣の裾《すそ》を翻し、階段に向かい闊《かっ》歩《ぽ》する。

小百合は白鳥に深々と頭を下げる。

「大変失礼をいたしました」

小百合はゆっくり顔を上げながら、小さな声で、だがきっぱりと通告する。

「だけど、白鳥先生もすみれを挑発するのはやめて下さい」

白鳥は頬に手を当て、首を傾けたまま、あい、と答える。白鳥の背後で姫宮が蒼白《そうはく》な顔をして佇《たたず》んでいた。

白鳥皮膚科医院は強制解体された。黄色い猪八戒のトクが、尋常性疣贅の方をもらっていいかと聞いて、赤い孫悟空、美智にすげなく断られていた。

白鳥が小百合を呼び止める声が聞こえた。僕は振り返り、二人を見つめる。

「小百合先生、先ほどはありがとうございました」

白鳥が頭を下げる。小百合は胸の前で両手を組み、微笑む。

「御礼の必要はありません。白鳥先生のために諍《いさか》いを収めたわけじゃありませんので」

「それじゃあ、どうして止めたんですか？」

「姉として、妹に加勢するのは当たり前です」

白鳥が眼を細める。

「ふうん、それじゃあ小百合先生はさっきの勝負、僕が有利だと思っていたんですね」

「誰が見てもわかります、平手打ちで勝負あり、でしょ。白鳥先生の圧勝だわ」

「そりゃ光栄な話です。打たれた方が勝ちなんて、マゾのクリスチャンみたいですけど」

小百合は白鳥を見つめて答える。

「すみれはいつも詰めが甘いの。さっきも逆転のチャンスはいくらでもあったのに……」

白鳥は小百合を見つめて、言う。

「僕にもわかったことがあります。すみれ先生より、小百合先生の方がおっかないですね」

小百合はペンを弄《もてあそ》びながら、白鳥を上目遣いに見つめる。口元が微かにほころぶ。

「白鳥先生、私にそんなことを試そうとしても無駄です。私は引っ込み思案なの」

小百合は、二階に消えたすみれの後ろ姿の軌跡を視線でたどる。

「すみれは桜宮家の異端児なんです。桜宮の血筋は、もっと濃く深く、暗い。白鳥先生の光なんか届かないくらいにずっと、ね」

白鳥は、言葉を失い立ちすくむ。小百合が追い打ちをかける。

「さっきの唄《うた》、最高ね。倫理は何にも決められない、だなんて同感だわ」

白鳥と小百合は、古びた空間で向き合い、凝固する。白鳥がぼそりと呟《つぶや》く。

「あれは唄のつもりじゃなかったんだけど……」

二人のやりとりが一段落し、僕は我に返る。加賀の車椅子を押す千花がエレベーター前にいた。僕は千花に病室訪問の約束を取りつけ、初志を貫徹した。

階段を上ると、背後で猪八戒、トクの声がした。振り向くとトクのベッドにわらわらと人が集まっている。先頭でトクは呆然《ぼうぜん》と佇んでいた。何かあったのだろうか？

一階に戻ろうと向きを変えた瞬間、中二階の踊り場からすみれに声をかけられる。

「天馬君、ちょっとこっちに来て」

僕は階段の踊り場で風見鶏のようにくるくると向きを変えた。

僕は、二階の医師控え室に連れ込まれた。すみれは脚を組んで椅子に座る。煙草に火をつけ、ふうっと煙を吐く。

「あいつ、どう思う？」

「怪し過ぎますね」

すみれは我が意を得たりと、大きくうなずく。

「そうね。もうじき東城大学医学部と桜宮は全面戦争になる。そのことを嗅《か》ぎ取った東城大学医学部の逆襲に、ほぼ間違いなさそうね」

「全面戦争ってどういうことですか」

「官僚対現場医師の代理戦争よ。医療経済効率化と医療原則維持との争い。官僚主義とのささやかな局地戦よ。官僚の関心は自分たちの権益拡大しかないわ。そのために容赦なく不採算部門を切り捨てる。終末期医療と死亡時医学検索は恰好《かっこう》の標的。大学病院は官僚の尖兵《せんぺい》だから、患者主体の終末期医療を展開する桜宮病院が目障りで、その存在自体に苛立《いらだ》っている。桜宮の評判がいいと、社会からの無言の非難に感じるの」

「それが、白鳥先生の派遣と関係あるんですか？」

「おおありよ。東城大学医学部は使えない医者を送り込んで、ここの評判を落とし、同時にスパイまでさせている。彼らからみれば廃物利用までできて、一石二鳥だわ。昨日も診療後、ナースステーションに入り浸って熱心にカルテを読んでいたそうよ。それも皮膚科と全く関係ない患者さんのカルテだったとか」

白鳥の頼りない診療の仕方を思い浮かべ、僕はとんでもないことを思いつく。

「東城大は、もっとえげつないことを狙っているのかもしれません。ひょっとしたら白鳥先生にここで医療事故を起こさせるつもりなのかも」

すみれは眼を見開く。それから天井を見つめ考え込む。やがて静かにうなずいた。

「自爆テロ、ね。あり得るわ。大学からすればお荷物医師の処分になって一石二鳥どころか三鳥や四鳥だし。確かに要注意だわ。小百合にも言っておく」

すみれは、濡《ぬ》れた眼で僕を見つめた。

「天馬君、おかしなことに気づいたらすぐ教えて。あたしにはあなたの力が必要なの」

すみれの呪文《じゅもん》に僕は曖昧《あいまい》にうなずく。節操のないヤツだが仕方ない。僕は、キスひとつで裏切りの契約を交わしてしまう、無節操な二重スパイなんだから。

「ところで田口先生って誰ですか？」

すみれは押し黙る。それから、まるでムキになって日記帳を取り返し終えた少女みたいに、照れたように微笑む。初々しい表情に、僕はどきりとした。

「昔、研修の時に世話になった人。東城大では、まあ、ましな方かな……グズでどうしようもない人だけど」

すみれの笑顔の裏側には、僕には手の届かない膨大な時間があることに気づかされる。

不意に僕は、小さな苛立ちを感じた。

十七章　ヘリオトロープの女神

六月二十日　土曜日　曇　午後二時

昼食後、僕は二一号室に千花を訪ねた。階段の反対側のつきあたり。ノックに返事はない。ふと隣を見るとエレベーターの扉があった。その前はホールからは直視できない小スペースになっている。ボタンを押したが反応はない。光を失ったランプで専用と書かれている。何の専用だろう？　ランプの下の鍵穴《かぎあな》から秘密の匂いが漂い出す。

「そのエレベーターは特別な時にだけ使われるんです」

振り返ると、千花が両腕に濃紫の花束を抱えて立っていた。特別な時って何、という素朴な疑問は、華やかな香りに吹き飛ばされた。

「いい匂いだね」

僕は眼をつむって深呼吸する。千花は微笑む。

「ヘリオトロープよ。太陽神に恋した乙女の化身という神話があるの」

「千花さんにぴったりだ。病気にも、ヘリオトロープ疹《しん》というのがあるけど」

「へえ、どんな病気？」

「確か、パープルのアイシャドウみたいになるヤツだったと思ったけど」

「あら、素敵な病気ね」

千花は、手首のサポーターを撫《な》でながら笑い、僕を部屋に招き入れた。

「惜しいわ。さすが医学生だけど、女の子を褒めるのに病気の名前を使うなんていかがなものかしら。ま、でも、どうでもいいか。口説かれたわけじゃないし」

日向《ひむかい》千花の部屋に、小さなぬいぐるみが集合し、整列していた。ベッドの脇の椅子を勧められた。僕の部屋には、僕の部屋と違い小さな戸棚とコンロ台がある。デスクの片隅にはノートパソコンが一台。千花はヤカンを火にかける。

戸棚を開けながら千花が尋ねる。

「紅茶ならひと通り揃ってるの。どれにします？」

「よくわからないので、お薦めをお願いするよ」

千花は頬に手を当て、考え込む。

「そうねえ、それじゃあラプサン・スーチョンを奮発しましょうか」

「聞いたことない名前だね」

「中国の紅茶。珍しいのよ」

千花はさらさらと紅茶の葉をポットに入れ、沸騰した湯を注ぐ。馥郁《ふくいく》とした香りが部屋に満ちる。

「それにしても天馬さんって、ついてないわね」

包帯ぐるぐる巻きの僕の姿を見て、千花が笑う。天真爛漫《てんしんらんまん》な笑顔。こんな風に千花に笑ってもらえるなら、包帯だらけの姿も悪くない。

「入院してまだ四日なのに、ぼこぼこだよ」

「私は一年近くなる。早いものね。そういえば、天馬さんもすみれ・エンタープライズに入社したそうね。これからは同僚だわ。よろしく」

「こちらこそ、ご指導よろしくお願いします、千花先輩。ところで先輩は何班ですか？」

唐突な敬語の出現に、千花は苦笑する。

「今や私が一番の古株だけど、基本は奉仕班。来客の接待が仕事。といっても、お茶出しだけど。今は紅茶に凝ってるの」

僕は紅茶を一口すすって、言う。

「それにしても、すみれ社長は人使い荒いよね」

「早速こき使われているのね。天馬さんってモノを頼みやすそうな雰囲気を持っているから。頼めば何でもやってくれそう」

僕は笑う。どうも僕は、聞き役に向いているらしい。この資質は時に役立つ。だが困ったことに同じくらい誤解もされる。ことに、女性には。

僕は、千花の青いリストバンドに眼を留め、何気なく尋ねた。

「日菜さんは、一昨日亡くなってしまったんですね」

千花は遠い眼をする。左手首のリストバンドを右手で握りしめた。

「ええ。安らかな顔だった。私と日菜は、同じ頃にここにきた。どこへ行くのも一緒って約束した。なのに日菜だけ先にいなくなった。この頃私、少し、しんどいの」

「日菜さんのご病気は何だったんですか」

僕の問いかけに、千花は答えなかった。代わりに笑顔で言葉を返す。

「私と日菜は、特殊任務もやっていたのよ。だから単なるお茶汲《く》みだと見くびらないでね」

秘密めいた千花の言葉に、微《かす》かな媚態《びたい》を感じた。

「さっき、トクさんのところに人が集まってたけど、何かあったの？」

千花は黙り込み、ヘリオトロープの花に手を触れた。重ねて尋ねると、ようやく重い口を開いた。

「あれは、薔薇《ばら》の知らせ。体調が悪くなった人が三階へ行く時のサインよ」

三階は末期患者が死ぬ間際にはいる特別室だ。まさかトクが？

「トクさんは、まだお元気だよ」

千花は首を振る。

「ここは奇蹟《きせき》の病院なの。普通なら歩けない状態の人が、元気に走り回る。だけど誰にも限界がある」

「トクさんは、そんなにひどいの？　信じられないな」

僕は呟《つぶや》く。

「具合が悪くなるのは、身体だけじゃない。心の傷で死に至ることもある。華緒先生は、その人と死の距離を見極められるの」

華緒が口ずさむ子守唄《うた》が甦《よみがえ》る。千花は続ける。

「この病院では命の炎が尽きる寸前に三階に上がる。三階で一晩過ごし、お亡くなりになる。華緒先生が命の限界を見極める力は、奇蹟よ」

「まさか、トクさんが今晩中に亡くなると？」

千花はヘリオトロープの花束に顔をうずめた。病棟で華緒の姿を見かけたことがない僕は、素朴な疑問をぶつける。

「華緒先生はいつ患者を診ているんだろう」

千花は僕に教え諭すように呟く。

「華緒先生は温室の薔薇を見て、その時を知るの」

呆然《ぼうぜん》と千花を見た。そんな浮き世離れした考えを本気で信じているのだろうか？

千花の透明な表情からは、その答えを読み取ることはできなかった。

千花の部屋を後にして、一階に下りる。トクのベッドは空っぽだった。

突然、理不尽な怒りと哀しみに襲われる。くるりと向きを変え、白い石膏《せっこう》で固められた右腕を左手で支えながら、僕は階段を駆け上る。

三階への階段の入り口には『関係者以外立ち入りお断り』という看板が立っていた。僕はトクの関係者だと、自分に言い聞かせ潜在意識への負のベクトルを正面突破する。階段出口で太った看護師が立ちはだかり、僕を制止した。

「三階に入ってはいけません」

――「いいのよ、彼は」

語尾に別の声が重なる。振り返ると小百合がゆっくり階段を上ってきた。看護師は姿勢を正し、小百合に礼をする。小百合は踊り場から僕を見上げ、物憂げに言う。

「さよならを言いに来たのね。トクさんも喜ぶわ」

看護師の視線の柵《さく》をすり抜けて、小百合の後をついていく。

裸電球の光が寒々しい。むき出しのブレーカーが壁を飾る唯一の装飾だ。

つきあたり。小百合は観音開きの扉を押し開く。

薄明かりが、ちかり、ちかりと光を放っている。部屋の四方の壁に、夏夜の蛍のような小さな光が明滅している。シャボン玉の表面に渦巻く七色の虹《にじ》。僕は見回し、尋ねる。

「これは一体……？」

「螺鈿《らでん》よ」

螺鈿のひとひらひとひらが放つ光は、別の角度からは光の放散に見える。僕は全貌《ぜんぼう》を把握した。部屋全体が大きな螺鈿細工なのだ。壁にそっと手をふれる。すべすべした鱗《うろこ》がびっしり敷きつめられている。砕かれた貝殻……。その破片の下に組み敷かれている膨大な時を想い、僕は身震いした。

「この部屋は母の傑作。母は長い時間をかけて、部屋の内側に夜光貝の破片を敷きつめた。母の心尽くしに包まれて、この部屋からみんな旅立つの」

温室での光景が甦る。遠くから聞こえてくるモーツァルトのラバィ。薔薇に置き換えられてしまった僕は近づいてくる剪定鋏《せんていばさみ》の鈍い光を黙って見つめる。

僕はふと、我に返る。

部屋は小さく、ベッドひとつでいっぱいだ。その真っ白なベッドには、トクが静かに横たわっている。眼をつむったその表情は虚《うつ》ろだった。

枕元に置かれた古びた机が唯一の家具だ。螺鈿は床から一定の高さで途切れている。華緒が背伸びした高さと同じくらい。上端は波打ち際のように不規則な曲線を描く。

ふと、部屋が螺鈿の内張りがされた手提げ籠《かご》みたいに見えた。きっと、中で眠る人を死の世界へ、そっと運んでいくのだろう。

僕の声を聞き、トクはうっすら眼を開く。生気を吸い尽くされた抜け殻のようだ。たった半日で人間はこうも変わってしまうのか。トクの呟きに、僕は耳を澄ます。

「天馬か。ワシの肉ジャガは旨《うま》かったか？」

こぼれ落ちるトクの言葉を、両の掌《てのひら》でそっとすくい上げ、僕は力強く答えた。

「ああ。旨かった」

「ひじきの煮付けは旨かったか？」

「旨かったよ」

「ふろふき大根はどうじゃ？」

「旨かったってば。もういいよ。一週間でも二週間でも入院するから、その代わり次の当番の時にはまた、メシを作ってくれよ。約束しただろ、里芋の煮転がし」

トクは眼を閉じたまま、呟く。

「ああ……約束じゃったな。悪いなあ、約束を守れんようになってしもた」

「あれだけ威張ったんだから、約束は守れよ。楽しみにしてるんだぞ」

「そうか、楽しみかあ」

トクは満足げに笑う。微笑みを浮かべ、すうっと眠りに落ちそうになる。それから、思い出したように、吐息とも微笑ともつかない言葉を、ぽとりと落とす。

「天馬よ、お前はきっといい医者になるぞ」

トクの胸を叩《たた》きたくなる衝動をかろうじて抑える。その姿が祖母と二重写しに重なる。

小百合は僕の肩を押し、部屋の外へ導く。僕は小百合に問いかける。

「ついさっきまであんなに元気だったのに。どうして急にこんなことに？」

「天馬さん、過飽和って科学用語、知ってます？」

唐突な小百合の質問に戸惑った。脳裏に、透明な溶液から真っ白な結晶が出現する光景が甦る。僕はうなずく。

「小学校の時、実験で見ました。ホウ酸を丁寧に水に溶かすと、その温度で溶け込む量以上に溶け込ますことができる現象ですよね」

「それなら、過飽和溶液が僅《わず》かな刺激でどうなるかもご存じね。僅かな刺激で、真っ白な結晶が現れる。トクさんも、身体中悪性腫瘍《しゅよう》細胞で過飽和状態だった。丁重に扱ったから元気に過ごせたけれど、もう限界。だから薔薇の知らせを受け取った途端、がっくりきてしまった。張りつめた気持ちが緩むと癌は一気に暴れ出す。こういう光景を見せつけられると、空しくなってしまう。でもね、桜宮病院でなければ天馬さんはトクさんとお話しできなかったわ。大学病院なら、トクさんは半年前に亡くなっていたのだから」

閉ざされた睡蓮《すいれん》の扉を見つめた。虹の光に囲まれて、トクは今、何を想うのだろう。

僕の脳裏に、小百合が深紅の薔薇を手にしていた光景が鮮やかに甦った。

明け方、トクは亡くなった。朝食の時に千花からその事実を聞かされた僕は、もう一度、心の中で肉ジャガを噛《か》みしめた。

十八章　煙と骨

六月二十一日　日曜日　曇時々雨　午前十一時

身寄りのないトクは、碧翠院で弔うことになった。僕は葬式に招かれた。碧翠院と桜宮病院をつなぐ小径《こみち》は徒歩で十分ほどだという。曇天の下、とぼとぼと深い緑のトンネルをたどる。うつむくと、真っ白だった石膏の腕がいつの間にか、くすみ始めていた。出会って一週間も経たない人の死が、これほど心に響くなんて思いもしなかった。重く垂れ込めた雲が、どんより僕の心を覆い尽くす。

遺影もない、読経もない、簡素な葬式。参加者は三人。赤い孫悟空・美智、銀獅子《ぎんじし》・巌雄院長、そして落ちこぼれ医学生の僕。青い沙悟浄・加代は体調を崩したそうだ。トクの死がショックだったのだろう。

美智と僕は手を合わせ、代わる代わる焼香した。巌雄院長の短い一言。「南無」

これが巌雄流の読経か。巌雄は振り返り、誰にともなく言う。

「トクは立派だった。今朝、解剖させていただいたが、身体中癌だらけだった。悪いところは解剖で全部とってしまったから痛むこともないだろう。トク、ゆっくり眠れ」

巌雄の言葉は、百万遍の読経より心に響いた。僕は瞑目《めいもく》した。美智が噛みつく。

「ジイさん、戯言《たわごと》をぬかすんじゃねえ。立派な死なんてありゃあせん。死んだら負けじゃ。トクは立派じゃねえ。負けたんじゃ。ワシは絶対負けんぞ」

巌雄は、美智を見つめる。

「大した婆さんだよ。薔薇《ばら》の知らせに逆らって生き延びているのは、あんただけだ」

「大したことじゃねえ。あっちへは行きたくないから行かねえって言っただけじゃ」

「それが大したことなんだよ。婆さんは、桜宮最高のクソッタレさ」

巌雄はじっと美智を見つめる。

「生きるも地獄、死ぬも地獄……死ぬも極楽、生きるも極楽、どっちにしても同じこと」

巌雄の言葉に美智は答えず、棺《ひつぎ》を睨《にら》みつけて言う。

「トク、ジンジョーセーユーゼーはお前にやる。どこぞでも好きなところへ持っていけ。この根性なしめ」

棺が黒塗りの車に載せられるのをぼんやり眺めていた僕の肩を叩《たた》いて、巌雄が言う。

「火葬場までつきあわないか？」

僕はうなずく。車が走り出すと、巌雄が話しかけてきた。

「傷の加減はどうだ？」

「ぼちぼちです」

「すみれの会社に入社したんだって？」

「二次面接も通ったみたいで、現在は研修中です。社長から特別任務をいただきました」

「君も、わが桜宮一族の関連会社社員になったわけか。天馬君はすみれに気に入られたようだな。ワシらの因縁は浅からぬようだしの。ま、せいぜいくつろいでくれ」

因縁って？　不思議そうな僕の顔を見て、巌雄院長は笑う。

「ところで白鳥って皮膚科医、すみれとやりあったんだって？」

「ええ。あの先生は、滅茶苦茶です」

「ヤブなのか？」

「ええ、あ、でも手際はいいです。それに口はすごい。すみれ先生と互角でしたから」

「そうか……互角ねえ」

実は正確なジャッジは七対三で白鳥のラウンドだった。小百合の判定はもっとシビアで白鳥のKO勝ち、だったらしいし。巌雄院長は考え込む。

「口減らしのぼんくらを押しつけてきたのかと思っていたが、すみれと互角とはな。一度、徹底的に洗い直してみるか……」

僕を見て、言葉を続ける。

「こちらには断れない弱味があるんでね。天馬君にとっては災難だろうが我慢してくれ。もっともワシは君に借りがあるが、実は貸しもあるんだぞ」

「貸しって何ですか？」

僕は素朴な鸚鵡《おうむ》返しで尋ねる。巌雄は笑ってはぐらかす。困った僕は別の質問をした。

「トクさんを解剖したんですね」

巌雄はうなずく。

「解剖しないと死因はわからんからな。うちでは患者が亡くなったら必ず解剖する」

石膏《せっこう》で固められた右腕をコツコツ叩きながら、僕は尋ねる。

「あれ？　解剖は手間とカネがかかるから、あまりやらないのでは？」

巌雄は呆《あき》れたように肩をすくめる。

「たわけ。あれは外部から持ちこまれた検案だからだ。ウチでずっと看《み》てきた患者に関しては、全例解剖してきちんと死因を確認している。そうしないと医学は進歩しない。ただし、費用はすべて自腹だがな」

「全例ですか。すごいですね」

巌雄は嬉《うれ》しそうに笑う。

「何しろウチの患者はみんな、自分が死の近くにいることを自覚している。身寄りのない者も多いし、身寄りがあっても死んだ時、知らせて欲しくないと希望する者もいる。社会の吹き溜《だ》まりなんだ。そんな病院だから、生前、本人から解剖承諾をもらっておく。その医学知識は次の患者のため、医療の基礎知識になる」

「ゆずり葉の世界ですね」

教科書に載っていた詩を思い出す。次世代のために散るゆずり葉の心を、親が子供に言い聞かせるという内容の詩だ。

それにしても、トクが明け方に亡くなってから、まだ半日も経たない。なのに解剖だけでなく葬式も終え、もうじき火葬まで済む。あまりの手際のよさに、違和感を覚えた。まるでベルトコンベアーに乗せられ「死」という製品に加工されていくみたいだ。それも極めて高速に。なぜ、それほどまでに急ぐ必要があるのだろう?

火葬場に到着した。蒸し暑い空気が僕たちを押し包む。黒の式服を着込んだ係員は妙に涼しげに見える。うやうやしくお辞儀をし、車のハッチを開け、トクの棺を降ろす。

巌雄は小窓からトクに話しかける。

「トク、達者でな」

手慣れた様子で職員は、てきぱきと遺体確認や死亡診断書の確認をした。

やがて、トクを載せた台車が窯《かま》に挿入された。巌雄は僕に説明するかのように言う。

「この人たちは市の職員。ここではもうワシの権限は及ばない。融通が利かない人たちでな、きちんと身元確認しないと火葬してくれない。もっとも碧翠院とのつきあいが長いから書類と死体確認ができれば、時間や事務処理の融通は利かせてくれる。本来なら死亡後二十四時間の間は火葬できないが、これも一種の特別待遇さ」

黒ずくめの男たちは無表情で、自分たちの義務遂行の最終地点に向けて淡々と、粛々と儀式を進めていく。

窯の蓋《ふた》が閉じられた。しばらくして、炎の音が響き始める。

もう一度、巌雄は瞑目する。「南無」

トクは白い煙となり、天の螺旋《らせん》階段を上っていく。正午を知らせるサイレンが曇天に響きわたる。音の末尾は弔鐘のように海原の上を長く尾を曳《ひ》き、水平線の彼方《かなた》へ消えていく。日曜正午。三原色西遊記トリオは、こうして黄色い猪八戒を失った。

窯から出てきたトクの骨をかき混ぜながら、巌雄は骨壺《こつつぼ》に骨を手早く納めていく。小柄なトクの骨の量は驚くほど多く、骨壺から溢《あふ》れそうだ。カチリ、と金属音がした。

「小百合のヤツ、指輪を外し忘れたな」

巌雄の呟《つぶや》きを聞きながら、僕は後ずさるように場を離れる。

足取り重く、焼き場から碧翠院を通り、桜宮病院本院に向かう。ぽつり、ぽつり、と雨が降り始める。トクの肉ジャガをもう食べることができないという喪失感だけが僕の胸を押し潰《つぶ》す。僕にとって、トクの死はたったそれだけのことだった。それなのに、どうしてここまで悲しいのだろう。

雨は沛然《はいぜん》と降り注ぐ。僕の周囲の空間は雨音で満たされていった。

（下巻へつづく）

本書は二〇〇六年十一月、小社より刊行された単行本を
加筆訂正し、上下に分冊して文庫化したものです。

螺《ら》鈿《でん》迷《めい》宮《きゅう》　上

海《かい》堂《どう》　尊《たける》

角川文庫　15413

平成二十年十一月二十五日　初版発行

発行者—井上伸一郎
発行所—株式会社角川書店
東京都千代田区富士見二—十三—三
電話・編集　(〇三)三二三八—八五五五
〒一〇二—八〇七八

発売元—株式会社角川グループパブリッシング
東京都千代田区富士見二—十三—三
電話・営業　(〇三)三二三八—八五二一
〒一〇二—八一七七
http://www.kadokawa.co.jp

印刷所—旭印刷　製本所—BBC
装幀者—杉浦康平

定価はカバーに明記してあります。

か 52-1　ISBN978-4-04-390901-8　C0193